えきさいたー
EXCITER
Illustration ふーみ
すまん、
資金ブースト
よりチートなスキル
持ってる奴おる？

ミミ
山羊の血を引く
おっとり系獣人奴隷。
主であるシュウトを
あらゆる面で
サポートする。
シュウト
異世界『ドルバドル』に
転生した青年。
類稀な金運を持つが、
基本的に小市民。

エリザ
資産家の家に生まれた、
筋金入りのお嬢様。
有り余る財力と時間で
取った行動とは……？
ヒメリ
シュウトをライバル視する
新進気鋭の女剣士。
三度の飯より
五度の飯が好き。
ジキ
世界各地を旅する
Cランク冒険者。
特技は一日でも長く
生き延びること。

ミミは俺の腰の辺りに腕を回した。
絡ませた腕で、
ゆっくりと俺の下腹部を撫でるミミ。
「いいのですよ」
耳元でささやかれる。
吐息が理性崩壊寸前の
俺の耳に吹きかかり、
ますます劣情をかきたてる。

より一層甘く儚げな声で、
ミミはトドメを刺しにくる。
「ミミは既にあなたの
ものなのですから」

敵襲。
それも飛び切りの大物だ。
腹を腐らせた馬鹿でかいカエルだなんて
イカれた生き物は、
生まれてこの方お目にかかったためしがない。

「気をつけてください！
見た目は、ええと、
ちょっとグロテスクなだけで
あまり強そうには
思えないかもしれませんが、
非常に危険な個体です！」

CONTENTS

目次

ダッシュエックス文庫

すまん、資金ブーストより
チートなスキル持ってる奴おる?

えきさいたー

Episode.1

俺、要求する

最近即死した。トラックに轢《ひ》かれて。


その日、俺こと白澤秀人《しらさわしゅうと》はクタクタになって夜の街を歩いていた。

稼《かせ》げるバイトがある、という誘い文句に釣られて行ってみた職場では、アルバイトとは名ばかりのタコ部屋一歩手前の重労働環境が待ち受けていた。

俺もあらゆるバイトを経験してきたから分かったが、その業務内容は明らかに労働基準法に中指を立てていた。仔細《しさい》は省くが、『肉体労働かつ十六時間勤務』というところから、その中身は推察してもらいたい。

もちろん、そんなとこでやってられるわけがない。

なんとか一日でのバックレに成功したが、先に述べたように疲れ切ってしまっていた。

どうにも俺は「稼げる」という言葉に弱い。

これに「一気に」「短期で」なんて冠《かんむり》がつくと大体やられてしまう。

長いフリーター生活で植えつけられたこの性格は一生直んねぇのかな……なんてことを疲れた頭で考えていたのがよくなかったんだろう。

迫り来るヘッドライトの光に、それが目の前を真っ白に覆《おお》い尽くすまで気づかなかったくらいなんだから――。

てなわけで、俺は痛みを感じる間もなく死んだ。

まあそれはいいのだが、死後の世界で女神から衝撃の告白を受けた。

「申し訳ありません！　お迎えの順番を間違えました！」

どうやら俺はミスって死んだらしい。

「おいおい勘弁してくれ。あと五、六十年は生きられたんだぞ」

さすがにキレる権利があるので文句をつけておいた。

「お詫びといってはなんですが、今すぐに生き返らせてさしあげます」

「いや、それはちょっと待ってくれ」

よくよく考えてみれば生きてても別にいいことなかったな。あのまま日雇いバイトを続けたところでまともな人生が開けているわけがない。

生きるために働く必要があるのに、実際は働くために生きていたような毎日だ。死んだ今だから冷静になって見られるが、ろくな生涯じゃなかったな、俺。

というか借金も残ってるし。

……苦行《くぎょう》なだけじゃないか。戻りたくない。

「すまん、死んでるままでいいわ」

「それはできません。寿命を満たしていない魂は天国にも地獄にも属せないのですから。このままだとあなたは自然消滅してしまいます」

む……じゃあ復活するしかないか。

「生き返るにしても、前いた世界はごめんだ。なんか他の選択肢ないのか？」

「えっ、他のですか？　うーん、それでは『ドルバドル』という世界はいかがでしょう」

「現世じゃなきゃどこでもいい。それで頼む」

「こちらは剣と魔法の世界ですが、本当によろしいですか？」

面倒そうなキーワードが出てきたな。

「そこさー、俺みたいな一般人が暮らしてても問題ないところなのか？」

「大丈夫だと思いますよ。収入を得る手段はちょっと特殊で大変ですが」

「稼ぐのが大変ってダメじゃん」

「もちろん手ぶらで送り出すだなんて手抜きはしません。こちらのミスの補填《ほてん》はします。あなたが新しい世界で快適に生きていけるようサポートさせていただきます」

「ほう……で、どうやって？」

ついてこられても困るぞ。

「ひとつだけ特別なスキルをプレゼントいたします。うまく活用できれば英雄にも王様にも、はたまた闇の支配者にまでなれますよ」

「ええ……別にそんなのなりたくないんだが」

　正直引いている。

「でもドルバドルでは強さこそが一番大きく稼げる手段なのですよ？」

「戦うとかそういうのはあんまり……俺は平和主義者なんだ。せっかく飛び道具一個くれるんなら、もっとこう、楽して生きていける感じのをくれ」

　日本国憲法にも最低限文化的な暮らしとかそんな感じのことが書かれていたはずだが、俺が求めているのはそれ。不満なく暮らせるレベルでいい。

「で、でも、でもですよ、めちゃくちゃ凄《すご》い魔法とか使ってみたくないですか？」

「金になるの？」

「それはもう！　高額の懸賞金《けんしょうきん》がかかった魔物を討伐《とうばつ》する必要はありますが」

「じゃあいいや……」

　すげーしんどそう。

「それだと……ええと……戦闘で役立つものはいっぱいあるのに……」

　女神はあれこれ思案しながら贈与可能なスキルをいろいろ探っている。

「……決まりました。このスキルならば人より遥《はる》かに楽ができるかと思います」

「そりゃ助かる。ありがたく有効利用させてもらうぜ」

　俺としては万々歳《ばんばんざい》だが、女神はまだ微妙に納得していない顔をしている。

「ではこれより、白澤秀人はシュウト・シラサワとして、ドルバドルの地に転生します」

情けない魂だけの存在に過ぎなかった俺が、女神のその一言で徐々に肉体を取り戻していくのが分かった。けれど同時に頭の芯《しん》も霞《かす》み、思考が混濁《こんだく》していく。

生まれ変わるとはこんな心地なのか——そんなことを考えているうちに、俺は意識を失った。

Episode.2

俺、転生する

目が覚めた時、俺はどこかも定かではない部屋の中にいた。

だが手のひらを覗《のぞ》きこんでみると、まぎれもなく肉体を得ているのが分かる。どうやら女神の言っていたことはマジだったらしい。

寝そべっていたベッドから跳ね起きる。

「本当に転生するとはな……ってことは」

ここは例の異世界と考えて間違いない。よく見たら俺の服も死ぬ前に着ていたジャージではなく、村人Aって感じだ。

ひとまずドアを開けて部屋から出てみる。

「うわっ！」

めちゃくちゃ通行人がいたので思わず声を上げて驚いてしまう。部屋というか家のドアだったようだ。

通りに面したこの小さな石造りの家には『シュウト・シラサワ』のプレートが掛けられている。

「自宅付き転生か。こりゃ確かにありがたいが……」

すぐさま中に戻る。家があるのはいいが、肝心の『アレ』がなかったら意味がない。まあその辺は女神も鬼じゃないから都合はつけてくれてるとは思うが……。

「……って、ねーぞ！」

家中どこを探しても金がない。

楽して生きられると言っていたのに、これでは餓死待ったなしじゃないか。

「転生早々に家を売りに出すのか……？」

だがそれはいくらなんでも目先の利益に走りすぎている。どう考えてもマイホームは持っていたほうが長い目で見れば得になる。

さてどうしよう。ビル一棟《いっとう》もらって賃貸収益だけで生きていくのが俺の長年の夢ではあったが、こんなしょーもない建物で稼《かせ》げる気はしないぞ。

「やっぱまともに働けってか？」

とりあえず道を尋《たず》ねて、町にある仕事の斡旋所《あっせんじょ》へ行ってみる。

「ようこそギルドへ」

ギルドってなんだよ。それはいいから何か仕事をくれと受付のおっさんに催促する。

「簡単で安全な依頼っていうと……港にやってくる交易船の荷降ろしになるな。一日で一〇〇〇G」

最初に薦《すす》められた仕事はまったくやる気がしない。

庫内整理のバイトをやったことがあるが、暑いわ疲れるわ腰が痛いわで最悪だった。

「もっと楽なのはないのか」

「楽さでいえば、薬屋から頼まれている薬草採取というのがある。一個につき一〇Gだ」

「ほう。ちなみに飯を食うのに必要な額はいくらだ」

「人並みの食事がしたかったら二〇〇Gはいるな」

馬鹿にしてんのか。誰がやるかそんな効率の悪い仕事。

「もっと手早くバーンと稼げるのはどれだ？　受けるかどうかはさておき教えてくれ」

「要人警護なら一気に大金が手に入るぞ。ただし失敗したら最悪殺される」

「ぶっ」

いきなり殺されるとか言われてむせてしまった。もう死ぬのはこりごりだ。

「やるわけねーだろ。他は？」

「あとはレアな素材を拾ってくるとかだな」

「おっ、それなら俺でもできそうだな」

「……レア素材のほとんどは僻地《へきち》にいる魔物由来だぞ？　それも強力な」

おっさんが「悪いこと言わないからやめとけ」みたいな顔をしてきた。俺もそう思う。

「結局この世界では強くなきゃ金にならなくて、俺は地道に稼ぐしかないのか……？」

こんなことなら女神がオススメするとおりに超人になれるスキルをもらっておけばよかった。

だが今となっては後の祭り。あるのは生きやすさを望んだがゆえに逆に生きにくくなった哀《あわ》れな俺の姿だけ。

「あー、他に稼ぐ手立てだが、依頼を受けなくてもその辺の魔物を倒すことでも可能だぞ」

「なんだそりゃ。素材を剝《は》いで売るのか？」

「それもあるが、連中は貴金属を溜《た》めこむ習性を持っているからな。倒せば奴らが拾ってきた硬貨を入手することができる」

薬草集めのついでにやってみたらどうだ、とおっさんは助言してくれた。

仕方ない、やるか。


俺は町の裏手にある森へと足を運んだ。おっさんの話によるとこの近辺に出現する魔物は弱いので、ヘボ装備しかない俺でも頑張れば倒せるとのこと。

「っていうか、薬草ってどれだよ」

植物が多すぎてよく分からない。

「ん？」

突然俺の前を何かが横切ったが、それは一羽のウサギだった。なんだ、驚かせるなよ。かわいい森の仲間たちじゃないか。

……と思った次の瞬間、そいつは俺めがけて突進をしかけてきた。

「うおっ!?」

こいつはただのウサギじゃない。

直観ですぐに分かった。魔物だ。

俺は自宅にあった唯一の武器である棍棒を振り回し、なんとか払いのけようとする。

顔をそむけてしまったのでどうなったかは見えなかったのだが、手応《てごた》えはある。どうやらクリーンヒットはしたようだ。

恐る恐る視線を前に戻してみる。

「……あ、あぶねぇ」

そこには白目を剝《む》いて倒れている殺人ウサギ（さっき名付けた）の姿があった。棍棒にぶん殴《なぐ》られて完全に意識を飛ばされたらしい。ぴくぴく震えている。

弱い弱いとは聞いていたが、マジで弱かった。

倒した魔物は煙となって消滅し、所持していた硬貨がその場に報奨金《ほうしょうきん》として残される。銀貨が二枚。おっさんに教わったレートだと一枚が一〇〇G相当だったはずだから、これで二〇〇Gか。

「おいおい、いきなり一食分稼げちゃったんだが。割のいい仕事だなこれ」

薬草とか採《と》ってる場合じゃないな。というか、これだけ効率がいいなら一番最初に教えてくれりゃよかったのに。

「はい二匹目。これで二食分だな」

俺は殺人ウサギ狩りを続行し、合計で十三匹しとめて町に帰還した。往復の移動こみでもおそらく二時間と経《た》っていない。時給換算した俺は思わず笑みをこぼしてしまう。

これでしばらくは持つな。一応、稼ぎ方を教えてくれた斡旋所のおっさんに挨拶《あいさつ》してから帰るか。

「おう、お疲れ。随分《ずいぶん》と早かったな。薬草は集まったか？」

「いや採ってきてない。雑草と区別つかなかったし」

「はあ。じゃあ魔物は倒せたのか？」

「それはバッチリだ。変なウサギを十三匹倒してきた」

「やるじゃないか。初めてにしては上出来だぜ」

ただ、とおっさんは続ける。

「それだとせいぜい今日の分しか食えないだろうなぁ。日用品や嗜好品《しこうひん》も買おうと思ったらもっと張り切って稼がないとダメだぜ」

は？　からかってんのか。

「めっちゃ稼げたぞ。ほれ」

財布代わりの布袋に入れた銀貨を見せる。

「これでも俺はあんたには感謝してるんだぜ。うまいやり方ってのを教えてくれたんだから。一枚手間賃として置いていくわ。そんじゃあな」

と言って去ろうとするが、後ろからおっさんの妙に慌《あわ》てた声が聞こえてきたので足を止める。

「おい、それは本当なのか？」

「嘘なんかつくかよ。たった一〇〇Gだろ、それでなんか酒の一杯でも……」

「違う、そっちじゃない！　ウサギを倒してその額を得たっていう話だ！」

振り返った先にいたおっさんは、今までになく神妙な顔つきをしている。

「森に出るウサギだろ？　……あんなの倒しても、一枚が一〇Gに満たないボロ硬貨しか落とさないんだぞ？」

「んなアホな。どいつもこいつもちゃんとした銀貨を落としたぞ。俺でも倒せるくらいだから弱い魔物なのは間違いないし」

俺はありのままを話したが、おっさんは疑いの目を向けてくる。

「盗んできたってか？　おいおい、俺がそんなことできるタマに見えるかよ」

自慢じゃないが、俺は度胸の据《す》わった男のナリはしていない。

顔が精悍《せいかん》じゃないのは言うに及ばず、身長も低めだし、ガリガリだし。

「確かにそうだな。疑って悪かったよ」

「おう、理解が早くて助かる」

なんか悲しくなってきた。

「……だとしたら変だ。どうしてお前だけ雑魚《ざこ》相手でも多額の報奨を手に入れられたんだ？ちょっと普通じゃないぞ」

「そんなこと言われても、思い当たる節《ふし》なんて……」

あったわ。

人より遥《はる》かに楽ができる——俺は女神の言葉を思い出していた。

「もしかして、俺に与えられたスキルってそういうことなのか……？」

「どうかしたか？」

「あ、いやなんでもない」

ひとまずこの件は隠しておこう。種を明かしても俺に一切利益がない。下手《へた》したら噂《うわさ》が広がって意に沿わない魔物退治に連れていかれる可能性もある。俺自身が開運アイテムみたいな存在になってるし。そんなのは御免だ。

「俺もギルドに勤めて長いが、ウサギが銀貨を落としたなんて話は初耳だ。これでもし倒したのが強力なモンスターだったりしたら……」

ほら、なんかもうそういう方向に持ってかれそうになってるじゃん。

「偶然だよ。あんま深く考えるなって」

「そうか？」

「とにかく俺は運がよかっただけだ。今日だけかもしれないしさ。まあ次からも食っていくために地道にコツコツ稼ぐよ」

俺は斡旋所を飛び出した。

「……さて……」

銀貨の詰まった布袋を見下ろす。ようやく女神の言っていたことが理解できた。なるほど、これが俺が異世界で楽して生きていくための手段か。

いいものをもらった。素直にそう思う。

たまに森にウサギを狩りに行くだけで、十分に食べていける。いい身分じゃないか。昔のイギリスの貴族みたいな生活だな。

とにかく数日分の食費はできた。となれば。

「飯だ飯。起きてから何も食ってねぇ」

気づけば日も暮れている。空腹を満たすのが急務だ。

町をうろついて、適当な飯屋に入った。

料理名から内容をまったく想像できないので注文したメニューも適当である。

運ばれてきたのは元がなんだったのか不明な肉を炒《いた》めたものと、湯気の立った香味《こうみ》野菜のスープ。あとは拳大《こぶしだい》のパンがふたつほど。

それからジョッキに注がれた真っ黒い謎の飲み物。店員はエールという酒だと答えた。

「こ、こ、こいつは……」

これで肝心の味がまずかったら悲しみに暮れるところだったが、しっかりうまいので言うことはない。

肉は脂身《あぶらみ》が少なくて硬いが、その分イノシン酸だかグルタミン酸だかの味がよく分かる。スープも塩が効いていてメリハリ抜群だ。この店、客層をよく理解してやがる。

合間に飲むエールが一汗かいた体に沁《し》みる。ロックアイスを浮かべた焼酎《しょうちゅう》だったら百点満点だったのだが、ないものは仕方ない。気分よく酔えるだけマシだろう。

他のテーブルを眺めると俺だけでなくどいつもこいつも酔っ払って顔を赤くしているあたり、この店にはアルコール飲料しか置いてないようだ。町を見て回った感じの時代的に、沸かしてない水飲んで大丈夫なのかって問題もあるしな。

酒の勢いか調子に乗って食いすぎて二〇〇Gを余裕でオーバーしてしまったが、まあいいだろう。

帰るか。

食って寝るだけの人生。最高だな。

「……いやちょっと待て」

三大欲求ってもう一個あったな、そういえば。

自家発電でも構わないのだが、燃料が見つかりそうにない。

俺は参考資料がないと事を成せない人間だ。

仕方あるまい、プロの力を頼るか。

時代的にルネサンス真っ只中《まただなか》といった雰囲気のこの町にオトナのお店の案内所なんてあると

は思えないから、恥を忍んで通りすがりの人に聞くしかないだろう。当然、野郎に。

「娼館《しょうかん》〜？　そんなものあるわけないだろ、この国は売春禁止なんだぜ」

ほろ酔い気分で歩いている男の台詞《せりふ》は俺を失望させた。

「な、なんだと……まさかの展開だわ」

「どうしてもっていうなら、奴隷市場で女の奴隷をお買い上げするしかないな」

ほう。そそる響きの単語が出てきたな。

「でもさっき、売春禁止って言ったじゃねぇか。奴隷とかもっとやばいだろ」

「奴隷として売られているのは獣人だけだ。獣人なら法に触れないんだとさ。あいつらは基本的に野生の中で暮らしているから、奴隷商人に片っ端《かたぱし》から捕まえられてる」

うーむ、なかなかひどい話である。俺はここで世の理不尽《りふじん》に激昂して頭に血をのぼらせるべきなのかもしれないが、残念なことに血液は下腹部に集中していた。

しかし奴隷を買うとなればこの金額では全然足りないだろう。

「興味もあるし、一応行くだけ行ってみるか」

「言っとくけど、奴隷ってのは本来冒険の付き添いや屋敷の使用人として雇うもんだからな？あんまり期待するなよ」

「ヤリモクが相手にされないのは慣れてるよ」

酔っ払いに教えてもらった奴隷市場は町の外れにあった。

外れにあるといっても建物自体は半端《はんぱ》なくでかい。一見すると有力者が住む大豪邸に思えてしまうような館だ。相当儲《もう》かってんな。

入ってみる。内装もちょっと気圧《けお》されるくらい華美だ。

「いらっしゃいませ」

うさんくさいヒゲを生やした男が接客に出てきた。

「奴隷の購入をご検討中でしょうか」

「ま、まあな」

どうしよう。俺がただの冷やかしだってバレたら叩《たた》き出されるだろうか。

とりあえず金持ちのふりをしておこう。堂々とな、堂々と。

「どういった奴隷をお求めでしょう」

「ん？　違いなんてあるのか？」

「顧客《こきやく》のニーズに合わせて様々な獣人を取り揃《そろ》えております」

「へえ」

「例を挙げると犬の遺伝子を引くものは非常に従順で、調教すれば最高のメイドになります。馬の遺伝子を引くものは力が強くて持久力もあり、旅のお供にうってつけです。狐《きつね》の遺伝子を引くものは魔法の適性が高いため、頼れる相棒となること間違いなし」

「指名料は取られるのか？」

「何の話でしょうか」

　おっと。そういう店じゃなかったな。

「俺はそういう機能性云々《うんぬん》はどうでもいいんだよ。俺が知りたいのは、たとえば牛の娘ならおっぱいがでかいとかそういうのだ」

「まあ、そういった外見的特徴はなきにしもあらずですが……」

　商人は考え込むそぶりを見せる。

「しかし女の奴隷は特別値が張ります。男であれば一〇万から二〇万ほどでお売りできますが、女となると桁《けた》がひとつ変わってまいります」

　高っ。

「いかがなさいますか？　ご希望であれば展示室に案内いたしますが」

「そ、そう急《せ》かすんじゃない。こっちにも心の準備がある」

　そんなところまで通されたら後戻りできなくなるじゃないか。俺の手持ちは手軽に得たとはいえ二〇〇〇Gちょっとしかないんだぞ。

　……予想はしていたが、高い買い物になるな。

　森にいるウサギを一日五十匹狩ったとして、俺のスキルこみでようやく一万G。

　それを数百日……？

「ちょいとばかり考えることができたから、一度帰らせてくれ」

俺は館を後にした。現実的に可能な範囲内とはいえ、こんな気の遠くなる値段を提示されたら今のところは諦《あきら》めるしかない。

こうなりゃその辺で女を引っ掛けるしかないか。

人通りの多い区画に行き、気は強そうだが顔は俺好みの女に声をかけてみる。

「嫌よ。だってあなた、その格好を見た感じだと冒険者じゃないんでしょ？」

「それがどうかしたか？」

「どうかするわよ。あなたも見た目は悪くないけど、功績の冴《さ》えない男を相手するほど安い女じゃないの。バイバイ」

女は俺を軽くあしらうように手を振って、どこかに行ってしまった。

「……まあ初《しょ》っ端《ぱな》から成功するとは思っちゃいないさ。次……」

「やめとけ、やめとけ」

品定めしていると、逆に俺が声をかけられた。しかも嬉しくないことに中年のおっさんにだ。

「なんだよ。俺は今、下手な鉄砲作戦を実行してる最中なんだけど」

「それが無駄だって忠告してやってるんだよ。人生の先輩としてな」

うわ、しかもよくいるめんどくさいタイプのおっさんじゃん。

「女に目の色変えさせたかったら男を磨かなきゃ始まらねぇよ。女の惚《ほ》れる男になりな」

「んな精神論みたいなこと言われてもなぁ。どうすりゃいいんだよ」

「そりゃ、冒険者になって名声を集めることだ」

名声？

「そんなのより、男の甲斐性《かいしょう》ってのは金払いのよさだろ」

「兄さんがとんでもない大富豪っていうんなら別だけど、その風体《ふうてい》だと絶対違うじゃないか」

せやな。

とはいえ唯一無二のスキルがある俺ならやろうと思えば……まあ、そんな大金を持っていたら奴隷商人の世話になるだろうから意味のない仮定だが。

「それにデキる冒険者ってのは危険な依頼をバンバンこなしてるから金も持ってんだよ。富も名声も両方持ってる奴にかなうわけないだろう？」

ぐっ、反論できない。俺は金は人より稼げる体質だが、別に誰かから賞賛を受けているわけではない。

「じゃあ俺はどうやってストレス発散すりゃいいんだよ。一生女日照りか？」

「真面目《まじめ》にお付き合いしな。ハッハッハ！」

大笑いするおっさん。それができるんなら苦労しないっての。

結局なにもかも空振りに終わった俺は一人自宅に帰り、寂《さび》しい夜を明かした。

無防備な顔全体に、窓から入ってきた陽射《ひざ》しが容赦《ようしゃ》なく浴びせられる。

「……朝か……」

眩《まぶ》しさに叩き起こされた俺はテーブル上に置いてある布袋を真っ先に見る。

まだ食費に余裕はある……今日は一日ゴロゴロしていてもいいか。元々こうやって自堕落《じだらく》な生活を送るために異世界行きを望んだんだし。

しかし驚くほど退屈だった。

テレビもなければ雑誌もなく、ネットやゲームなんてもってのほか。

やることといえば二度寝くらいで、それもせいぜい昼までしか持たない。

限界はすぐ訪れた。

暇《ひま》すぎる。

確かに悠々自適の生活を望みはしたが、なんの娯楽もないいんじゃカビが生えちまう。俺が外に飛び出し向かった先は……他に行く当てもないので仕事の斡旋所だ。

「ようこそギルドへ……ってまたお前か」

「頼む、仕事を回してくれ」

「どうしたんだいきなり。一回落ち着け。茶でも飲むか？　暖かい毛布は？」

適当になだめられた俺は、一旦冷静になって事情を明かす。

「俺は真理に達してしまった。この世界で地位も商才もなしに充実した生活をしようと思ったら、冒険者になるしかないって」

「な、なんか様子がおかしいみたいだが……まあ、そうだろうな。一発逆転を夢見て冒険者になる奴らは後を絶たない」

というわけで、俺もこの斡旋所に冒険者として登録してもらうことになった。

「じゃあうちのギルドメンバーに加盟させておくから、ここにサインを書いてくれ」

「なんだそのギルドメンバーってのは。派遣みたいなもんか」

イマイチ仕組みがよく分かってないが、とにかくこれで俺も自由に依頼が受けられるようになったわけだ。

「でだ、シュウト。どんな依頼を引き受けるつもりだ」

「やるからには一気に稼げて一気に名前を上げられるのがいい」

おっさんが依頼一覧の載《の》った紙をペラペラとめくる。

「そうだなぁ、盗賊団の壊滅《かいめつ》を達成すればお前の評判はドカンと上がるだろうな。あとは鉱山の奥地からレアメタルを採掘してくるとか、こういった採取系の依頼も地味に実入りがいい。取ってくる代物《しろもの》の入手難度にもよるがね」

「さすがにきついわ。奥地って響きだけでめっちゃ危険そうだし」

ていうかそんな依頼を受ける意味は俺にない。魔物が落とす額は上がっているが、だからって人からもらえる報酬は変動しないだろう。

「戦ってるだけでおいしく稼げるようなのはないのか？」

「王都が発布してる要注意モンスターのリストがある。こいつらを倒して証拠の素材を持ち帰れば多額の懸賞金《けんしょうきん》が手に入るぞ」

「それだ」

魔物が隠し持っている分と依頼者が支払う分。両取りが期待できるな。

だが根本的な疑問が浮かんでくる。

「俺でも勝てんの？」

「駆け出しには無理」

「だよな」

力も技もない俺がそう易々《やすやす》と倒せるような奴なら、国から害獣認定くらわないだろ。

「そもそも、大半はパーティーを組んで挑むような相手だぜ」

「パーティーか……そういうのはちょっと。できれば一人でやっていきたいんだよ」

分け前が減るのもそうだが、俺の持っているスキルがバレるのも本意ではない。俺がスキルを悪用する分にはいいが、スキル目当てで俺が悪用されるのはぞっとしない。

「じゃあ地道に鍛《きた》えるしかないな」

「努力とかそういうの嫌いなんだよな……」

となれば、やっぱ奴隷が必要だな。

聞いた話だと奴隷は戦闘の役にも立つらしいじゃないか。当面の目標は公私のパートナーとしての奴隷の獲得。これだ。

……ん？　なんか目的と手段が入れ替わってるぞ。

「そうじゃない。それじゃダメだ」

「どうかしたのか？」

「いや、こっちの話だから無視してくれ」

やっぱりまずは俺自身が一人前になる必要があるらしい。人生に近道なし。まさかこんな見ず知らずの土地で痛感させられるとは思わなかった。

くそっ、楽に生きるのも楽じゃないな。

「手っ取り早く強くなるためにはどうすりゃいいんだ？」

「手っ取り早く？　おいおい、シュウト。まじめに冒険者やってる連中にブン殴られるぞ」

知ったこっちゃない。スナック感覚で強くなれるならそれが一番だろ。

「魔法には才能がいるし、長い時間をかけて勉強する必要もある。剣や槍《やり》の達人になるのだって日々の修練と肉体のトレーニングが欠かせない」

「そういう積み重ねとか今更やっても遅いんだよなー。なんか裏ルートみたいなのが欲しいんだよ」

「一切鍛えずにか？　うーん、腕を補えるくらい強力な装備を揃えるとか？」

おお、なかなか有力な意見だ。

「聞くまでもないだろうけど、この町でも買えるよな？」

「武器屋と鍛冶屋《かじ》が何軒かある。品揃えはバラバラだから、覗くだけ覗いてみな」

よし。回ってみるか。

とりあえず一店目の武器屋へ。

鋼鉄の剣やら斧《おの》やらがごちゃごちゃと壁に並べられている。

「おっさん、この店で一番の武器はどれだ？」

うつらうつらと船を漕《こ》いでいた店主に尋ねてみる。それにしてもこの町には接客してくれるのが中年男性しかいねぇのか。

「そりゃあもちろん、このグレートソードだ。幅広で質量のある刃《やいば》は破壊力抜群だよ」

「重いのは無理。俺でも扱えそうな中で一番強いのを教えてくれ」

「だったら弓かなぁ。ただこれは技術がいるから向いてなさそうだね」

おっさんが持ってきてくれたのは、なるほど俺でも振り回せそうな小ぶりの剣だった。

「この前やってきた交易船経由で手に入れた、海賊印のカットラスだ。こいつはいいぞ。揺れる船の上で戦う男のために作られた逸品《いっぴん》で、軽くて最高に扱いやすい。特殊な製法で精錬された金属を用いているから軽さの割りに強度もバッチリだ」

握らせてもらうと、なるほど他の剣よりは大分軽い。非力な俺でも問題なく使えそうだ。

「これ、予約で」

だが輸入物のいい武器なだけあって、値段のほうも結構する。その額、四万G。一日で稼ぎ出すには少々厳しい。

「取り置きの期限は一週間までだよ」

「分かった。なるべく早く工面《くめん》はつけておく」

それまでは棍棒に頼るしかないか。ひとまず安価な剣を買ってお茶を濁《にご》すのもありだが、別にこれで殺人ウサギを狩れているうちは不都合はないだろう。

「だけど冒険者が場末の町にある店売りの武器で満足しちゃいけないよ。本当にいいものは王都じゃないと手に入らないんだ。もしくは素材を集めて鍛冶工に作ってもらうかだね」

「へえ、一応頭の片隅にでも引っかけておくわ」

次に向かったのは防具屋。

しかしここで俺は大きな問題と直面することになる。

「こんなの着込めるかよ！」

頑丈な鎧《よろい》ってのはどいつもこいつも馬鹿みたいに重いのだ。

「俺が身につけたら強敵に辿《たど》り着く前に鎧に潰《つぶ》されちまうよ。軽装から選ばせてくれ」

「ベストやローブは見劣りするけど、いいのか？　竜の琴線《きんせん》だとか不死鳥の羽根だとか、そういった希少な素材を編みこんだ服なら薄くても鎧並みの防御性能があるがね」

「ここに置いてある？」

「まさか」

だろうな。当然のように店主のおっさんも「うちがそんな凄い店に見えるか？」みたいな自虐混じりの表情をしている。

「素材を取ってきてくれれば、馴染《なじ》みの裁縫職人に頼んで作ってもらえるけど」

それができたらこんなところで頭を悩ましてないっての。

「保留で」

元々俺は某ゲームだと全裸でブーメランを持って洞窟にこもるプレイスタイルだ。防具は狩りの効率性に貢献《こうけん》しないから後回しにしておこう。

まずは上質な武器を手に入れることだ。善は急げ。早速森へウサギを討伐しに……。

……いや、思ったより疲れたから明日からにしよう。

俺は食料品市場でパンとワインと魚の燻製《くんせい》を目一杯買い込み、自宅に戻った。

翌朝、ちゃんとサボらずウサギ狩りに出向いた俺だったが、途中であることに気づく。

もしかして自分、生産性低いんじゃないかと。

ウサギを倒して得られる二〇〇Gは難易度を考えれば破格の額。

だがこいつらは弱すぎる。

もっとサクサク稼げるんじゃないか？　という考えが芽生え始めた。こいつらより若干《じゃっかん》強い代わりに、資金を多めに落とす魔物はいくらでもいるはず。

危険は嫌いだが手間がかかるのも同じかそれ以上に嫌いだ。安全と効率を天秤《てんびん》にかけた結果、俺は別の獲物《えもの》を探しに森の奥に踏み入ってみる。

で、そいつはいた。

ぶよぶよとした水の塊《かたまり》、スライムだ。

いかにも雑魚《ざこ》っぽい見た目だが、奥の方にいたということはウサギより強い可能性が高い。

油断せずにかからないとな。

「うりゃ！」

棍棒を振り下ろす。動きがトロいので当てやすかったが、てんで手応えがない。

「衝撃が吸収されてんのか？」

ウォーターベッドかよ、という感想を漏《も》らす前に、今度はスライムが体当たりをしかけてくる。

たまらず腕で顔をかばう……が、ぶつかってきたはずなのに全然痛くない。どうやらこいつ、体が柔らかいせいで攻撃力もろくにないようだ。

しかし困った。切れ味鋭い刃物ならスパッといけるのかもしれないが、生憎《あいにく》俺の武器は叩いて殴るだけの棍棒。スライムとは相性がよろしくない。

何度も何度も攻撃し続けてようやく倒すことができた。

落とした資金は五〇〇G。た、確かに一体あたりの実入りはウサギよりは上だが……。

「時間かかりすぎて逆に効率悪いわ」

別の場所へ。

道中コウモリの群れを見かけたが、あいつらは飛んでてまともに戦えそうにないので放置。

俺が求めているのは虫っぽい魔物だ。虫なら棍棒の一撃で潰れてくれそうだしな。

森の各地を巡って、ようやく出くわす。

「蜘蛛《くも》か……」

ただでさえキモいフォルムなのに、サイズが犬くらいまで膨《ふく》れ上がっているから尚更キモい。

とはいえ所詮《しょせん》は蜘蛛。見た感じ特別硬そうでもないし、殴ればぺしゃっといくだろう。

そう楽観視していたのも束《つか》の間《ま》。

「おわっ!?」

蜘蛛は糸を吐いて先制攻撃をしかけてきた。粘《ねば》ついた糸が俺の足に絡《から》みつき、動きの自由を奪う。その間にも蜘蛛はじりじりと距離を詰めてくる！

「ぐっ、デカグモめ……こいつはやべぇな……」

と、その場の雰囲気でそれっぽいことを口走ってみたものの、よくよく考えれば糸に巻きつかれているだけでダメージはまったくない。しかも向こうから勝手に近寄ってきてくれているおかげで足は動かせなくても手は届く。

冷静になると大してピンチでもなかった。

「えいっ」

一発脳天に棍棒を叩きこむと、デカグモ（採用）は気色の悪い汁を出しながら即死した。

絡んでいた糸ごと煙となって消え、例によって所持していた硬貨が残される。

ただ今回はそれだけでなく真っ白な毛玉も落ちていた。どうやら蜘蛛の糸らしい。これが素材アイテムってやつか。

もらえるものはもらっておこうと背負っていたカバンの中に放りこんだが、問題はこっち。

金だ。蜘蛛が落とした硬貨はたった一枚——しかしそれは美しい輝きを放つ金貨だった。

「お、おお……！」

どうせ混ぜ物をしてるだろうから純金製ではないだろうが、そのレートは一枚で一〇〇〇G。

ウサギよりやや手こずる程度でこれだけ稼げるなら、万々歳だ。

「他の冒険者連中はこんなの倒したところで端金《はしたがね》にしかならないんだろうなー」

そう思うと優越感がふつふつと湧いてくる。

それはさておき、棍棒を装備している俺にぴったりの狩場は見つかった。俺はウサギ狩りから蜘蛛駆除へと切り替え、次々に金貨を拾っていく。

狩りを楽しむ貴族から益虫を虐殺するサイコパスになったのは悲しいが、そうも言ってられない。

優雅さは金には勝てないのだよ。

買っておいたパンとワインで昼食を済ませた後も、黙々とデカグモを退治し続ける。

戦闘に慣れてきたせいか手際《てぎわ》も段々よくなっていった。まったくアテにしていなかった俺自身の戦闘力だが、少しはついてきてるんだな。


結局、日の出から日没までの間に五万G近くを稼ぎ出した。


ボーナスがかかった状態でこれなんだから、まともに一から冒険者やって稼ぐのはどんだけしんどいんだよって話である。

俺はヘトヘトになりながらも町に帰還し、その足で予約を入れていた武器屋に向かった。

「おっさん、例の剣の代金持ってきたぜ」

布袋に入れていた金貨を積み上げる。

「十枚、二十枚、三十枚、四十枚……ちょうどあるね。はい、じゃあこれ」

鞘《さや》に納まった状態で渡された高級カットラスを、そのまま腰に装着してみる。

うむ、悪くない。

鞘といい柄《つか》といい豪華かつ細やかな装飾が施《ほどこ》されている。武器を腕時計感覚で語っていいかは知らないが、俺という男のステータスがワンランクアップした気分だ。

「それにしてもこの金額をポンと出せるだなんて、お客さんは見た目によらず気風《きっぷ》がいいんだな。よっぽどの冒険者と見た」

「まあな」

異世界に来て三日目なことは黙っていよう。

さて。

次に俺は裁縫職人がいるという工房を訪ねてみた。

大量に集まった蜘蛛の糸を使って防具が作れないかと考えたのだ。

「蜘蛛の糸ねぇ」

名うての職人だというオネエっぽいおっさんは、毛玉を手の中で転がしながら語る。

「確かにポピュラーな素材ではあるわ。うちでも既製品《きせいひん》をいくつか販売してるわよ」

そう言われて持ってきてもらった上下揃いの衣服には、蜘蛛の糸を編みこんでいることを証明するかのように小さく蜘蛛の刺繍《ししゅう》がされている。

「なんだ、よくあるものなのか……」

「そう落ちこまないの。蜘蛛の糸はしなやかな上に耐久性も兼ね備えてるから、お手頃価格な割には実用的よ。一着買っていきなさいな。あなたの持っている分を下取りしてあげるから、その差額だけでいいわ」

服はセットで四八〇〇G。別に手持ちでも買える値段だが、持参した素材を相場で買い取ってくれるとのことなので、せっかくなのでそうしてもらった。

「糸は全部で四十六個……凄い数ね……一個五〇Gだから二三〇〇Gになるわ」

足りない分の二五〇〇Gを金貨と銀貨で支払う。にしても、一個でたった五〇Gか。金銭感覚が麻痺《まひ》してしまってるからイマイチありがたみを感じない。

「蜘蛛はいいわよねぇ。持ってるお金は大したことないけど、素材を売って足しにできるもの」

「だな」

俺の場合は前者のほうが遥かにうまみがあるけど。

工房を出た俺は、首の骨を鳴らすついでに夜空を見上げる。

これで支度は整った。今日はもう遅いから休むとして、明日は試し斬りついでに近隣に出現する魔物と片っ端から戦ってみよう。

どいつがどれだけ資金を落とすか気になるところだしな。

その勢いで討伐依頼も……まだ早いか。死ぬかもしれんし。

若いうちから貯蓄して四十代でリタイア、なんて考え方してる奴の気持ちが今なら分かる。

この世界で俺が目指してるのはまさにそれだからな。

朝の陽射しが眩しい。

チーズと燻製肉を挟んだヘビーな朝食を出店で買い、俺は英気を養っていた。

手持ちの荷物はカバンと新調した硬貨入れ、まだ埋めている途中だが手書きの森の地図、紙に包んだ昼飯にワインの瓶、そして昨晩購入した新兵器。

それにしても異世界にやってきてからアルコールばかり飲んでる気がする。本当は飲料水を買いたいところなのだが、ワインのほうが安いから仕方ない。

よし、行くか。

目的地はもちろん近場の森。というか、ここしか知らんし。

「おっ」

草むらから飛び出してきたスライムを見て、頭にあることが浮かぶ。

昨日は有効打がなくてグダグダになったが、剣を手にした今の俺ならどうだろう。

鞘からカットラスの真新しい刃を抜いて、斬りかかってみる。

手応えは一切なかった。効果がなかったからじゃない。自分でも驚くほどするりと切断できてしまったからである。まるで水を切り裂いたかのような……そんな感覚だった。

「つよっ！　……待て待て、スライムが斬撃に弱いだけって可能性もあるか」

なにせ素人《しろうと》の剣技だ。構えなんてまるでなっていないから自分でも恥ずかしくなるくらい無茶苦茶な振り方だった。

他の魔物に通用してから武器の効力を信じよう。

更に奥へ。

立ち入ったことのない区域で新たな敵を発見した。

それもとびきりやばそうなのを。

俺の視界に飛びこんできたのは、平地を這《は》う、全長、直径ともに二回りほどでかい蛇。面構《つらがま》えといい色合いといい、いかにも毒を持ってそうな外観で、正直びびる。

だが俺は丸腰ではない。なんのために大枚はたいてクソ高い剣を買ったと思ってる。

「俺にはお前しか頼れるもんがないんだからな……」

頼むぜ、と物言わぬ相棒に話しかける。

俺は武器屋のおっさんの言葉を信じて猛毒ヘビ（仮名）に対決を挑んだ。

睨《にら》み合いの中で先手を取り、急接近。微妙に青みがかった銀色に輝くカットラスの刀身を、棍棒の時と同じような感覚で叩きつける。

勝負は一瞬だった。

一刀両断……蛇はあまりにもあっけなく煙に変わってしまったのだから。

「マ、マジか」

あまりにも切れ味がよかったので返り血を浴びることもなかった。

カットラスには刃こぼれひとつない。軽くて小さいから半信半疑だったが、こうして結果に表れてしまったら攻撃力には文句のつけようがないな。

これが四万Gの力か。

ひいては一夜で四万Gを貯めた俺の力ともいえる。

……なんて調子のいいことを考えていると、

「ぎやっ!?」

死角からもう一体の蛇が襲いかかってきていた。

大きく開いた口から、毒液のしたたる牙を剝《む》き出しにして。

反応が遅れた俺は、足に狙《ねら》いを定める魔物の攻撃に対処しきれなかった。異様に発達した顎《あご》が俺の太ももを挟み、喰いつき、閉じられる！

やべ、これ死んだだろ。

とっさにそう観念してしまったのだが、どういうわけか無事だった。呼吸もできるし意識もある。毒が回っている感じもない。完璧に嚙まれているのにだ。

なぜかといぶかしみ、嚙まれた箇所を覗いてみる。

俺は驚嘆《きょうたん》した。

蛇は確実に俺の足に喰らいついているものの、その牙は俺の皮膚を貫いてはいなかった。生《き》地《じ》の段階で牙と、そこから染《し》み出る毒が止まっている。

これが服の効果ってやつか。すげーな、蜘蛛の糸。

ただ、布越しに牙が当たっているのでまったく痛くないわけじゃない。ていうか割と、痛い。

「食物連鎖《しょくもつれんさ》ってのを教えてやる。人間、舐《な》めてんじゃねぇ！」

噛みついてきた蛇も斬り伏せる。例によって一撃で。

「ハァ、ハァ……焦《あせ》らせやがって」

一発で倒せるっていうのに無駄に苦戦してしまった。

次からはもうちょい慎重にやるか。二体分の金貨を拾った後、ひとまず『猛毒ヘビ出没注意』と地図に書きこんでおく。

しかしまあ、いい稼ぎになった。

俺が布袋に放りこんだのは金貨が四枚と銀貨が十枚。単価あたり二五〇〇Gなり。

「効率やべぇな……ウサギ一匹で一食とか言って喜んでたのがアホくさくなってくるぜ」

蜘蛛より大分殺傷力が高いだけあって得られる金額もそれ相応だ。素材ドロップこそなかったが、蜘蛛の糸の買い取り価格を鑑《かんが》みた限りだと大した儲《もう》けにならないだろうから、いいや。

その後も俺は森を巡って魔物を狩り続けた。

予想はしていたけど、コウモリは素早いだけの雑魚なので全然金を持っていなかった。そのくせたまにしか降りてこない。今後もシカトで問題なし。

一方で狼《おおかみ》は一筋縄ではいかない相手であるらしく、毛皮に加えて三〇〇〇Gもの資金を落とした。『らしい』と言ったのはあまり苦戦を強《し》いられなかったからで、ぶっちゃけると瞬殺だった。すまん、新参らしからぬ強装備で。

逆にムカデの姿をした魔物には参らされた。いや別にこいつも強さ自体はしょっぱいのだけれど、真っ二つにした後もしばらくウネウネ動くので俺の精神衛生上よろしくない。金も蜘蛛よりちょっと多いくらいの額しか落とさないのでなるべく避けて通りたいところである。

他にもいろいろと戦ってみたが、共通して言えるのはどいつも俺の敵じゃないってことだ。

おっさんが語っていたとおり、森には弱い魔物しか出ないってのはマジのようだな。

それにしたって俺みたいな戦闘のイロハも知らない人間がこれだけスムーズに魔物退治をやれるんだから、武器がもたらす影響力はとんでもない。

これ一本あればしばらくは困らないだろう。明日からは本格的な依頼を受けることも考慮してみるかな。

自信のついた俺は帰宅の準備を始める。

その時、二十メートルほど先にある草むらがガサガサと揺れた。

視線をそちらに合わせると、生《お》い茂った草木の中に紛《まぎ》れてふたつの点が光っていた。魔物が目を光らせているると見て間違いない。

「ありゃ狼か？　ついでだし狩ってくかぁ、あいつ一匹で五日分の飯はまかなえるし」

そう思って近づこうとした途端、俺は無性に違和感を覚えた。

違和感の正体は狼の容貌だ。草むらから出てきたそいつは、俺がついさっきまで狩っていた灰色ではなく、赤褐色《せっかっしょく》の毛皮に覆われている。

嫌な予感がする。目線を合わせたまま後ずさろうとするが……。

「……おいおい、イレギュラーな事態は勘弁してくれっての」

別の茂みからもう二匹姿を見せていた。

ままま、落ち着け。

森の魔物に大した奴はいない、多少見た目が違うだけで実際には……。


『ダッ!』


……ん? なんだ今の音は。

「いでぇっ!?」

その音の正体がレッドウルフ(仮称)が大地を蹴った音だと察した時には既に、俺の左腕はそいつに噛みつかれていた。

なんて速さだ。これまでの魔物と比べて別格じゃないか。

いやそれより、痛い。とんでもなく痛い!

牙の鋭さも蛇とは比べ物にならない。蜘蛛糸で編まれた布を突き破り、その下にある俺の肉にしっかりと喰らいついている。

滲《にじ》み出てくる血を前に、俺は「雑菌とかどうなってんだ」なんて考える余裕もなく動転する。

とはいえ自分の防御面がいまひとつな点は折りこみ済み。俺の装備の真価は武器にある。

「く、くそっ、馬鹿犬の分際で……！　おらっ！」

カットラスを横腹に突き立てる。

血飛沫《ちしぶき》が噴き上がるがしかし、都合の悪いことに一撃ではくたばらなかった。こんなケースはカットラスを手にして以来初めてだ。

おまけに骨かどこかに挟まってしまったのか、なかなか刃が抜けない。

その間にも残りの二匹が俺に向かって疾駆《しっく》してきている。

……どうする？

どうする、どうする、どうする！

俺は錯乱《さくらん》状態にあった。

噛みついている奴は依然《いぜん》として離れようとしないし、更にここに二匹追加されつつある。全てに対処しなければならない。腕に走っている激痛は治まる気配もないっていうのに。

こうなったらやるしかない。やってみるしかない！

「どこでもいいから、当たってくれーっ！」

力任《まか》せにカットラスを引き抜き、そのまま向かってくるレッドウルフに叩きつけようとした。

最早《もはや》やぶれかぶれ。おみくじを引いているようなものである。

だが強引に抜いた刃から舞い上がった雫《しずく》は狼の生き血だけではなかった。

キラキラと光る、美しい――


「水?」


そう、水だ。水の粒が日光を反射して輝いている。そしてそれは間違いなく、カットラスから溢《あふ》れ出ているものだった。

前触れもなく起こった奇妙な現象はそれだけじゃない。

三日月を横倒しにしたような形状の何かが二匹の狼を押し返している。『何か』とは言ったが、それが衝撃波の類《たぐい》であるのは明白だった。現に、狼の体表に切り傷を作っている。

幅にしておよそ二メートルから三メートル。厚みは極めて薄い。色は透明だ。

透明ということはつまり、水でできているのか? 水といえば……。

「……この剣から放たれたのか?」

そうとしか考えられない。ならば。

「頼む、今の奇跡がもう一度起きてくれ!」

そう念じると、剣は応《こた》えてくれた。またしても水圧のカッターが振り払った刃から発射され、数メートル先にいる二匹に命中する。

横幅だけでなく、射程もそれなりにあるらしい。

今度は剣を縦《たて》に振ってみる。なんとなく予想はしていたが、出てくる衝撃波も刃の軌道《きどう》に合わせて縦型になった。

威力自体は直接斬るより低そうだが、離れた位置から攻撃できるんだから素晴らしい。

窮地《きゅうち》が一転、優勢になる。

「でやあっ！」

まとめて巻きこめるように剣を横薙《よこな》ぎに振るう。生み出された衝撃波は地面と水平に飛んでいき、二匹のレッドウルフを同時に切り裂く。

やったか？　……やったな。

「っと、こいつもだった」

俺はふと我に返り、腕に喰いついている奴に視線を戻す。

呆然とするあまり痛みごと存在を忘れるところだった。胴体めがけて再び剣を突き刺し、ようやく息の根を止めた。

やっと左腕が解放される。ひどい出血だ。もっとも返り血も相当浴びているから、どれが俺の血なのかよく分からない。

どっと疲弊感《ひへいかん》が押し寄せてきた。俺はその場にへたりこみ、今回のピンチを救ってくれた英雄であるカットラスを見つめる。

「これ、どうなってんだ……？」

単なる武器のはずなのに。

けれどそんな疑問以上に、腹の底から湧き起こってくる素直な感情があった。

「……よ、よかった」

生きててよかった。本当に。

Episode.3

俺、貯蓄する

俺はしばらく体を休めた後、落ち着いて成果を確認する。

「すげぇな、マジで……」

報奨《ほうしょう》として転がっていたのは、赤褐色《せっかつしょく》の毛皮と、数えるのも面倒なくらいの大量の金貨。

確かに強敵だったし、俺のスキルなしでも金貨の一枚くらいは落としたであろう。だが現実には俺は幸運の女神に愛されているわけで、これだけの枚数になったというわけだ。

もしかしたらこいつらが噂《うわさ》の懸賞金《けんしょうきん》つきモンスターなのかもしれない。ということは毛皮を持っていけば更に追加の儲《もう》けになるのでは。

「行ってみるか」

俺は帰りの足で斡旋所《あっせんじょ》に寄ることにした。


「ようこそギルドへ……って、うおっ!? ボロボロじゃないか!」

おっさんは俺の小汚い格好を見るなり素《す》っ頓狂《とんきょう》な声を上げた。

まあ、そのリアクションは正しい。今の俺は血まみれだし、土埃《つちぼこり》もかぶってるし、服はところどころ破けてるし、おまけに狼《おおかみ》とたわむれていたから獣臭《けものくさ》い。

「一回魔法屋に行け。そんでさっぱりしてこい」

どうやら汚れを落としてからにしろって話らしい。

おっさんの紹介を受けて訪れた魔法屋とかいう店には、眼鏡をかけたおっさんがいた。いい加減おっさん以外の人間とも会話したいんだが。

「いらっしゃい。おや、これまた一段とひどいお客さんだね」

「なんか綺麗にしてくれるって聞いたから来たけど、どうやってやるんだ？　できるんなら早くやってくれ」

「任《まか》せなさい。フルコースで処置してあげるよ。ほれっ」

そう言っておっさんが杖《つえ》を振ると、俺が負っていた傷はたちまち塞《ふさ》がった。衣服も完全に汚れが落ちているし、それどころかほつれた部分まで修繕《しゅうぜん》されている。

あと、四日間風呂に入ってなかったのに湯上がりのような爽快感《そうかいかん》がある。

「これが魔法の力か。凄《すご》いな」

「だろう？　ヒールで治療、リペアで補修。冒険者には欠かせない作業が一瞬でまかなえるからね。そしてリフレッシュがあれば洗い場いらずさ」

おお、便利じゃん。

「ヒールで三〇〇G、リペアで五〇〇Gね。初回サービスでリフレッシュはおまけしておいたよ」

だが意外と高めの料金設定だった。

すっきりした俺は斡旋所に戻る。

「おっさん、ちょっと話があるんだけど」

「どうした？」

「これ」

手に入れた素材、レッドウルフの毛皮を見せる。

「おや、これは……驚いた！　ヤルベドロジスカ・リスキの皮じゃないか！」

わけの分からん正式名称だったので、俺の中では今後もレッドウルフと呼んでいくとしよう。

「かなり強かったから、ひょっとして珍しい魔物なんじゃないかって思ったんだけど」

「その通りだ。こいつは王都から要注意の御達《おたっ》しが出ている」

「やっぱりか。ってか、こんな奴がいるなら先に教えておいてくれよ。森は余裕って聞いてたから安心して探索してたのに、マジで死ぬかと思ったぞ」

「すまんすまん、たまに出るんだよ、たまに。通説だと普通の狼を狩り続けると怒って出てくるらしいが、それにしたって絶対じゃないからな」

ふむ。となると俺は運がよかったのか悪かったのか。

「だがにわかには信じられないな。こいつは森に棲息《せいそく》する魔物の中では例外的な存在だぜ。しかも三匹もだなんて！　駆け出しのシュウトが一人で討伐《とうばつ》できるとはとても……」

「まあ聞いてくれよ」

俺は剣を見せる。

「装備で腕を補えっておっさんに言われたから、かなりいいものを買ったんだ」

「お、これは……海洋鉱のカットラスじゃないか！　身の丈《たけ》に合わないもん持ってんなぁ……」

うるせぇ。それより気になるワードが出てきたな。

「海洋鉱ってのは海底に埋まっているレアメタルだ。海の中でも金属質を保てるくらいだから非常に錆《さ》びづらいし、水属性の魔力を宿している。含有量は合金全体の一〇パーセントくらいだろうが、まあ十分効果を発揮できるレベルだろう」

そういや、特殊な金属を使ってると武器屋の店主も言ってたな。

「詳しいな」

「何年この町のギルドを運営してると思ってるんだ。俺こそがこの町一番の情報通だぜ」

「そんなことはどうでもいい。それより『水属性の魔力』ってなんだよ」

ただごとではなさそうだが。

「剣を使用していておかしな点はなかったか？」

「あった。刀身から水が湧き出てきたな」

「じゃあ、それだな。レアな素材には素材自体に魔力が宿っているんだよ。それらを用いて作られた装備品には、当然特別な性質が付いてくる、ってな具合だ」

追加効果ってことか。

つまり俺の持っているカットラスには、水の刃《やいば》を生成する力が秘められているわけだな。

にしても、魔法を使えなくても魔法の真似事ができるとは。装備ってのは奥が深い。

「こんな良質な武器、どこで手に入れたんだ？」

「普通に武器屋で売ってたぞ」

「武器屋か……この町で作られたものとは思えないけどなぁ」

あ、そういえば交易船から仕入れたんだっけか。そのことは黙っていよう。

「いくらした？」

「う……四万Gだよ」

ここで不自然に安い買い値を言うと怪《あや》しすぎるので、正直に答える。

「四万？　モノの割には随分《ずいぶん》と安価だな。まあお前でも支払えるくらいなんだから、そう高額じゃなかったのは間違いないけどさ」

もしかすると武器屋のおっさんは価値があまりよく分かってなかったのかもしれない。希少な金属の影響も「軽くて強い」程度のことしか語ってなかったし。

だが俺としてはありがたい話だ。本来もっと値が張ったであろう武器を、希望小売価格以下で入手できたんだからな。

「それにしても、本当に見事な剣だ。お前もこのカットラスを振りかざしている間は、荒々しいヴァイキングの勇壮な姿が浮かんできたことだろう」

「生憎《あいにく》だが、俺はそういう情緒的な感性は持ってないんだよ」

そんなくだらないことより、ヤル……ヤル……レッドウルフに懸《か》けられているという懸賞金だ。

「ああ、そうだったな。ヤルベドロジスカ・リスキ一匹の懸賞金は五〇〇〇G。毛皮と引き換えだ。いい稼《かせ》ぎになったな、シュウト」

えっ、やっす。

思わず口に出してしまいそうになった。

いや実際には決して低額ではないのだろうけど、今の俺からすればかなり物足りない。

おっさんいわく丈夫だという毛皮をそのまま素材に使って防具を作ったほうがマシなのでは、という思いも生まれるが、これを納品しないと俺の名声が上がらない。

ぐ、ぐぐぐ……。

転生初日に学んだ鉄則、富は名声に代えられないか……。

俺は泣く泣く三枚の毛皮を手渡す。

「よし、じゃあ三匹分で一万と五〇〇〇Gだな。これで何かうまいもんでも食って、上等な装備を揃《そろ》えて、明日からの冒険に向けて精をつけるといいぞ！」

十五枚の金貨を渡しながらおっさんは笑うが、正直そんなに嬉しさはなかった。

なにせ俺の布袋の中には、その十倍以上の金貨がひしめきあっているのだから。

早めの夕食を済ませて帰宅した俺は、大いに頭を悩ませた。

何も困っているわけではない。

「どう使うかなー、これ」

数えてみたところ、レッドウルフ三匹が落としただけでも金貨二百四十枚。

これに懸賞金や他の魔物から得た硬貨を合わせると、総額三〇万G近い資金を俺は今日一日で稼ぎ出していた。

途轍《とてつ》もない額だ。しばらくは遊んで暮らせるだろう。

しかし……しかしだ！

「まともに遊べねぇんだよ、この世界じゃ」

俺は下半身のうずきをなんとか鎮《しず》めた後で、これだけ金貨があってもまだまだ目標金額に足りていない事実を噛み締める。

女の奴隷を買うには最低でも一〇〇万Gは必要。現状は半分にも達してない。

まだ軍資金の段階だ。ここから更に増やしていかねば。

考えられる用途は二つ。

一つ目は貯金。奴隷を買うという目的のために、一切手をつけずに取っておく。

二つ目は新しい装備の購入。武器は問題ないが、よりよい成果を目指すなら防具はもっといいものにすべきだ。

さて、どうするか。

前者を選ぶのであれば、このまま地道に森で雑魚《ざこ》狩りにいそしむことになる。今日のように一気に稼げる機会が巡ってこずとも、一週間から二週間あれば百万Gには到達するはず。これは安全な道だ。

片や後者を選べば他の場所にも探索に行けるようになるだろう。そうなれば受けられる依頼や討伐できる魔物にも幅が出るし、結果的に稼ぎの効率はよくなるに違いない。その上、俺の評判も高まる。ただし相応の危険は伴うが。

リスクとリターンを天秤《てんびん》にかけ、俺が下した結論は……。

「……起きた時でいっか」

とにかくもう、眠い。

翌日午前、俺は町中を歩いていた。

最終的に俺は、装備を整えて派遣可能な範囲を広げるという選択を取った。一種のギャンブルだが、そうしたほうが長い目で見れば有益なはず。

なによりも依頼をこなしていかなければ名声は上がらない。

奴隷を買うのもいいが、普通にモテたいという願望も捨て切れなかった。

楽に生きるのは容易。しかし楽しく生きようと思ったら一歩踏み出さなければならない。

金を稼いで、名声も得る。一挙両得を目指すべく、俺は高品質の防具を探す。

……で、どこにそんなもんがあるのかという問題だが。

俺にはアテがある。昨日の斡旋所でのおっさんとの会話の中にヒントが隠れていた。

一応、革細工職人の工房で普通の狼の毛皮でなにか作ってもらうことも検討してみたが。

「あのなぁ、衣服の素材にするったって時間がかかるんだぞ。塩漬けに一週間、塩抜きに一週間、それからようやく革になめして、更に加工が……」

と長々と説教されたので、下取りだけしてもらった。

やはり当初の思惑《おもわく》どおり、『あそこ』に行くしかなさそうだな。


「おー、活気があり余ってんな」

行き交う人々の合間をぬって吹いてきた潮風が、遠慮の「え」の字もなく俺の頬をなでる。

俺が向かった場所とは、港だ。

港の市場では、獣の耳を生やした多くの男が魚やら荷物やらの詰まった箱を運搬していた。

あれが獣人か。働いているということは奴隷だろう。純粋な労働力として見た場合単価が高すぎるのか、女の奴隷は一人としていなかった。

なぜ港なんかに来たのかといえば、交易品狙《ねら》いである。

斡旋所のおっさんの言葉が本当なら、レアな装備はこの町にある店では通常まず手に入らない。となれば町の外からもたらされる物資に期待するしかない。

俺の所有しているカットラスも元はといえば交易船由来の代物《しろもの》。きっと掘り出し物が眠っているはず。

とりあえず市場をうろついて、よさげな品がないか露店《ろてん》を見て回る。

「これはなんだ？」

「暴れ馬の革で作られたブーツだ。安くしとくよ」

商人が手を揉《も》むが、大して珍しそうでもないのでスルー。

別の露店を訪ねる。

二人の用心棒が睨《にら》みを利《き》かせるその店では、武具類ではなくアクセサリーをたくさん売っていた。

「どうです、キレイでしょう？　ただキレイなだけじゃなく、魔力を封じた宝石を用いていますから冒険者の方にも最適です」

「おっ、いいじゃん。俺が求めてたのはそういうのだぜ。いくらするんだ？」

「こちらのネックレスですと、特価で八〇万Gでございます。お支払いは為替《かわせ》手形で結構ですよ」

「無理！」

高すぎアホか。さすがの俺も踵《きびす》を返した。

「くそっ、なかなか手頃なのがないな……」

珍しい金属で鋳造《ちゅうぞう》されたという盾《たて》やすね当てはあったが、肝心の服が見当たらない。

金属製の防具はいらんぞ。重すぎて身動き取れないしな。

「……おっ」

手応《てごた》えのなさに辟易《へきえき》してきた時、俺の目にとあるものが留《と》まった。

素人《しろうと》ながらに美麗と感じるほど見事な刺繍《ししゅう》の施《ほどこ》された、藍色のベストだ。これだけ丁寧《ていねい》な仕事がされているということは、きっと貴重な逸品《いっぴん》に違いない。

すぐさま売りに出している商人に問う。

「これは……ベストだよな？」

「見たままだが」

「いやそういうことを聞いてるんじゃない」

愛想悪いなこのおっさん。よく見たら商人というより船乗りって感じの風貌だし。

「ただのベストかってことか？　聞かれたから答えてやるが、単なるベストじゃない。これは大型のグリズリーの革で作られたものだ。表面に手の込んだ飾り布をあしらっているおかげでデザイン性も両立してある」

グリズリーっていうと、熊か。それの大型版ってことはドン引きするほどでかそうだな。

ベストをじっと見つめる俺に、おっさんはニヤリと不敵に笑いかける。

「気になるか？　帯剣してる以上あんたも冒険者だろうから教えてやるが、この革には強化属性の魔力がこめられている。ベスト自体も頑丈だが、それ以上の耐久力を着ているだけで得られるぞ」

「おお！」

それそれ。そういうのを求めてたんだよ。

「特に物理的な衝撃に対しては抜群に強い。鎧《よろい》並みとは言わないがな」

「そこまでの高望みはしねぇよ。軽けりゃなんでもいい。で、値段は？」

「一点ものだから高めにつけさせてもらうが、五万と七〇〇〇Gだ」

うむむ、確かに安くはない。とはいえ十分に支払える範囲だ。

ただ、少しばかり疑念がある。

「……偽物《にせもの》じゃねぇよな？」

「商業ギルドから爪弾《つまはじ》きにあうリスクを冒《おか》してまで、偽物なんてつかませるかよ。もしバレようもんなら俺は帰りの船から突き落とされて海の藻屑《もくず》さ」

「よし、じゃあ買おう」

俺は布袋から取り出した金貨を並べようとする。

「待った。もう少し商談をしようじゃないか。装飾品には興味がないか？」

おっさんが手に取ったのは革紐《かわひも》のチョーカーだ。

「同じグリズリーの革を使ったものだ。奴らは図体が馬鹿でかいから、服を一着作っただけじゃ毛皮が余るんだよ。こっちは筋力強化に効果がある。セットで買うなら端数《はすう》はまけてやるが」

「この際だからそいつもくれ」

俺の貧弱さを補ってくれるならなんでも大歓迎だ。

いや、すまん、なんでもは言いすぎた。もしここで頭につけるリボンとかを勧《すす》められていたらさすがにお断りさせてもらっていた。

俺はおっさんに合計六万Gを支払い、その場で装着する。

姿見がないから全身像がどうなってるかよく分からないが、なんとなく風格がアップした気がする。あとは効き目のほどだが……。

「……実際に試してみないと判断できねーよな」

まだ昼飯時にもなっていない。今からどこかの狩場に出発しても余裕で日が暮れるまでに帰ってこられるだろう。

また今日も厄介《やっかい》になりに行くか。


ところがいつもに比べて様子がおかしい。

斡旋所に入ってすぐ、薄手の鎧をまとった女に呼び止められた。

「あなたがシュウトさんですね？」

しかもきつめの態度で。

口調そのものは丁寧だが、やたら圧迫感がある。

「そうだけど」

「失礼を承知でお聞きします。森に出現する要注意指定モンスターを三匹、それも一人で討伐したというのは事実でしょうか？」

「あー……事実で間違いねぇ」

嘘を吐《つ》く意味もなさそうなので普通に答える。

しかし答えてやったにもかかわらず、黄金色の髪をしたその女は一層むっとした表情を作った。

ぶっちゃけると若い女、しかも結構な美人とまともに会話したのは異世界に来て初なので若干《じゃっ》干《かん》喜びもあったのだが、とはいえこんなふうに詰問されるとなると穏やかではない。

「というか、どこでその話を聞いたんだよ」

「サダさんからお伺《うかが》いしました。ですが……」

どこか悔しそうな口ぶりである。

「この目で確認してもまだ信じられません。あなたみたいな何の変哲もなさそうな冒険者が、それだけの実績を成し遂《と》げられただなんて！」

そう言うと女はヒステリックに地団駄を踏んだ。

な、なんだこいつ……。

「まあまあ、一回落ち着け。そもそもサダって誰だよ」

「すまん、シュウト。俺だ」

奥のほうでおっさんが手を上げて苦笑いしている。

ってかそんな名前だったんだな、あんた。

「……はぁ、はぁ。失礼、取り乱しました。そうですね、冷静になれば理由は明らかでした。腑《ふ》には落ちませんが単純なカラクリです」

女は俺の身につけているカットラス、ベスト、チョーカーの豪華三点セットを見ながら。

「あなたではなく、装備品が強かったのでしょう」


少々がっかりしたように呟《つぶや》く。

さすがの俺もイラッときた。

並の冒険者が腕五十点、装備五十点くらいのバランスでしのいでいるところを、俺は腕二十点装備八十点でやらせてもらってるのだからこの発言自体には異論はない。

「だが装備を揃えたのは俺自身だ。それ含めての実力だろ。大体な、カットラス以外は狼を倒した後で買ったものなんだぜ」

「むむ……も、森の魔物を倒しただけでいい気にならないでください！」

「いや別になってないんだが」

俺のツッコミも気にせず女はまくしたてる。

「いいですか、この町を拠点にする冒険者は、北にある鉱山の最上部に出現するオークと戦えてようやく一人前とされています。あなたにオークを難なく倒せるだけの実力があるなら、それを証明してみてください」

「え、なんでだよ……」

めんどくさい。

「それに証明するったって、どうやってお前を納得させりゃいいんだよ。目の前でやれってか？　それは嫌だぜ、俺は単独行動派なんだ」

ありえない量の金貨を目撃されるわけにはいかないんでな。

「オークのはびこる最上層でしか採《と》れない鉱物、銀があります。それを持ってきてくれれば信じましょう。これは依頼です！」

女はズビシィッという効果音が似合いそうな指差しポーズを取った。

「報酬は六〇〇〇G。例の懸賞金以上の額を出しましょう。あなたにとっても悪い話ではないはずです」

どうだ！　とばかりに自信満々に金額を提示されたものの、俺からしたらそんなめちゃくちゃおいしい儲《もう》け話でもない。

もちろん口にも態度にも出さないでおくが。

「おいおい、そんな身銭《みぜに》切って大丈夫なのか？」

「かまいません！　私の四日分の食費ですが、そのくらいの覚悟ということです」

心配したのかおっさんも口を挟んできたが、女の決意は変わらないらしい。あとさらっと聞き流してしまったが一日あたり一五〇〇Gって食いすぎだろ。

「期限は明日の一八時までとします。お願いしますね」

そう一方的に告げると、女はどこかに行ってしまった。

「……なんだ今のは」

「ヒメリって冒険者だ。まあ、大目に見てやってくれ。あれがあいつのかわいいところなんだよ。お前が来るまでうちのギルドで一番の成長株だったから、要するに嫉妬《しっと》だな」

なにせ登録から一週間と経《た》たずに懸賞金付きの魔物を倒すなんてのは前例がないからなぁ、とおっさんは続ける。

「そもそもなんで俺の話をしてんだよ」

「悪い悪い、でもつい自慢したくなったんだよ。そういうのあるだろ？」

「俺の業績だ」

おかげで厄介事に巻き込まれてしまった俺の身にもなってほしい。

どこの世界にも新人イビリってのはあるんだな。外見からすると歳は俺より下っぽいが。

とはいえ、やるべきことはハナから決まってる。

「どうせ森以外にも行ってみるつもりだったし、ついでにこなしておくわ。あいつに絡《から》まれ続けたらめんどくさくてかなわん」

無視したなら無視したでウザ絡みしてくるのは目に見えてるので、さっさと片付けたほうが得策だろう。

ああいう向こうっ気の強い美人をシュンとさせるのも悪くない。いろんな意味で。

「そうか。だったら鉱山について説明しておこう。この町の北にある場所で、片道一時間くらいで着く。レアメタルは産出されないが鉄と銀が採れるから、ここで採掘と鍛冶《かじ》の面白さを覚える冒険者も多いぞ」

「鉄と銀だけかぁ」

だとしたら素材入手の面ではあまりおいしくないな。

凡庸《ぼんよう》な武器に乗り換えても意味がない。海洋鉱のカットラスより強い武器となると、やはり希少な鉱石をふんだんに使用したものでないと。

「ただ一層にはゴブリン、二層にはコボルト、三層にはオークが棲息《せいそく》している。どいつもお前の倒した懸賞首よりは弱いが、そのぶん数は多い。いわば冒険者の登竜門みたいなもんだ。警戒は怠《おこた》るなよ」

それだけ聞けば十分。俺はおっさんから地図の写しをもらって出発した。

昼飯に買ったサンドイッチをかじりながら歩いた先が、目指す鉱山である。

鍛冶の基本的な材料がよく取れるらしいが、大して興味はない。

重要なのはここに棲息する魔物がどれだけの金額を落とすかだけだ。

だってのに採掘にも時間を割かなければならない。そのせいでツルハシまで買わされるハメになった。誠に遺憾《いかん》である。とはいえ勘違い女に先輩風を吹かされっぱなしなのもシャクに障《さわ》る。

新装備の性能を試しがてら、様子を見て銀のひとかけらでも拾っておく程度でいいか。

ポピュラーな探索場所なだけあり、鉱山には何人かの冒険者が出入りしていた。

俺の特異なスキルが発覚しないためにも、なるべく他の連中とは鉢合《はちあ》わせしないようにしないとな。報奨金の回収も手早く済ませよう。

いざ、坑道へ。

「おお！」

てっきり真っ暗なのかと思ったが、岩の突き出た壁面のいたるところにランプが埋めこまれていたので案外明るかった。

利用者が多いだけあって、インフラは整備してあるようだ。

こういう文明的な措置がなされているのを目にするとなぜか無駄に感動してしまう。

安心して前進。

鉱山の第一層はトンネルがいくつも交差したような構造になっている。

一番奥に二層に続くハシゴがかかっているらしい。地図を見ながら進んでいく。

道中カツンカツンという音をそこらじゅうで耳にした。採掘に励んでいるのだろう。そのまま俺には気を向けずに頑張っていてもらいたい。俺はゴブリンを狩らせてもらうので。

「……いやがったか」

ゴブリンは数だけは立派だった。

小さな体に木の棒を持っているのみ、という貧弱な装備だが、常に集団で襲ってくるので侮《あなど》れない。

しかしながら俺の磐石《ばんじゃく》の備えの前だと、はっきり言って敵ではなかった。

一匹一匹着実に倒していく。

もっともゴブリンはカットラスの一撃で瞬殺だったので、肝心のベストの性能のほうは分からずじまいだった。まあそんなのは贅沢《ぜいたく》な悩みだ。楽に倒せるなら感謝感激。これだけ弱いのに四〇〇〇Gも落としてくれるのだから、うますぎワロタですわ。

特に支障なく二層に。

二層は一層よりも更に入り組んでいた。

「ほとんど迷路じゃねーか。地図を携帯してなかったらまともに歩けもしないな」

道幅も狭まっている。薄暗い中で正面から何かが歩いてくる姿が視界に入ると、それが冒険者であったとしても一瞬ドキリとさせられる。

ましてそれが魔物なら……。

「わっ!?　……くそっ、おどかすんじゃねぇよ」

全身が浮かび上がる。

こいつがコボルトか。

野良犬みたいな面《つら》をしたコボルトは、ナタを握りしめているためパッと見はやばい相手に思えた。が、よく観察すればひどいなまくらだったので恐るるに足らず。

「ちゃっちゃと片付けさせてもらうぜ」

蒼銀《そうぎん》の刃《やいば》を思い切り叩きこむ。

転生してから幾度となく戦闘を重ねたせいか、大分俺の所作《しょさ》もマシになってきている。

それでも一太刀《ひとたち》で仕舞いだ、とはいかず、生き残ったコボルトはナタをでたらめに振り回して反撃をしかけてくる！

「痛っ……くなかったわ、全然」

びびり損だった。

刃こぼれしたナタとはいえ鈍器《どんき》としての機能は失っていない。それなのにまったく痛みを感じなかった。惚《ほ》れ惚《ぼ》れするような防御性能だ。

コボルトに総額一〇万Gコンビネーションをくらわし、煙の跡から六五〇〇Gを獲得。

「既《すで》に依頼報酬より多いんだが」

とはいえ俺の終着駅はここではない。

その後も何匹かのコボルトを退《しりぞ》けた後、ハシゴをつたって最上部へ移動。

下とはまったく構造が違う。だだっ広い部屋がいくつか連なっているような造りだ。

「兄さん、見ない顔だけど、ここまで来るとはやるじゃないか」

「まあな」

銀目当てでやってきたのであろう、いかにも鉱夫って感じの冒険者に話しかけられる。

「だけどここからはオークが出るから、作業中もちゃんと注意は払っておかないとダメだよ」

カバンにくくりつけているツルハシを見てか、俺も銀を掘りに来たと思われたらしい。いや実際掘りに来たには来たのだが、そんな本腰を入れて作業するわけじゃない。俺のスキルが採掘した物にも適用されるのであればそれも考慮に入れたけど。

「忠告ありがたく受け取っておくよ」

心配してくれた人間に邪険な態度をとるのもアレなので、礼儀として返事しておく。

さて。

俺はオークを求めて各部屋を巡回する。

「っ！　……ここにいたか……」

のんきに歩いているオークを発見。動きもとろくさいし、ブサイクな豚の顔をしているからどことなくアホっぽく見える。

けれども体格は俺より遥《はる》かにいい。身長は確実に二メートルは超えているだろうし、体重に至っては下手《へた》したら三倍はあるんじゃなかろうか。

武器は削《けず》り出した岩石でできた棍棒《こんぼう》。

「見た目どおりのパワー系だろうから、直撃したらまずいな……」

いくらベストの魔力で守られているとはいえ、あのガタイを目《ま》の当たりにすると若干戦うのを躊躇《ちゅうちょ》してしまう。何度も言うが俺自身は一般人レベルの肉体でしかない。

「あいつ倒せて一人前って、冒険者ってのは超人か？」

どうしよ、逃げてやろうか。

ついそんな弱気が脳裏をよぎったが、いやいや、思い出せ俺。

あれくらい軽く捻《ひね》れないと俺が冒険者として名を上げるビジョンは未来永劫《えいごう》訪れない。まとまった金も手に入らないから急務である奴隷の買い上げも先延ばしになる。

食って寝るだけの人生に戻るか？

冗談。食って寝て、そして（違う意味で）寝て、ようやく全部の欲求が満たされるんだろうが。

物凄い情けない発言だと冷笑するなら、好きなだけすればいい。今の俺を支えるモチベーションはそれだけなんだから。本当に。

俺は男として、最高で最低なプライドをもってオークに戦闘を挑んだ。

「おらあああああっ！」

先手必勝。水がたゆたうカットラスから衝撃波を発射する。

どんくさいオークに避けられるはずもなく、クリーンヒット。分厚い皮膚に、泥に似た血が滲《にじ》む。

それでもオークはブオオと苦悶《くもん》の声を上げただけで、地に伏せたりはしない。

「……一撃じゃあ、無理だよな」

そんなのは分かってる。俺にできるのは奴がくたばるまで同じ技を連発するだけだ。

こちらに向けてどすどすと走り寄ってくるオークに、これでもかと何度も何度も水の刃を浴びせる。

……まだ倒れない。やはり威力はカットラスで直接攻撃したほうが高いらしい。

「チッ！」

接近戦は歓迎しないが、仕方ない。

「こいつでぶっ倒れてくれりゃ……！」

右手に強く握ったカットラスで力の限り斬りつける。

狙いをつけた場所は比較的柔らかそうな脇腹だ。

切れ味は申し分ない。またしても血が噴き上がる。オークの進撃がついに止まってくれるかと、これだけ攻撃を繰り返したのだからさすがに期待した。

だが、まだ足りないらしい。オークは瀕死《ひんし》ではあるが本能だけでガタついた膝を支えている。

そして残る力のすべてで俺に襲いかかる！

「ひっ……！」

思わず息を飲む。ネガティブなイメージが俺の頭を埋め尽くす。

迫り来る棍棒は、俺の肋骨《ろっこつ》をまとめて打ち砕き――。


――はしなかった。


「こ、このベスト、マジでただもんじゃないな……」

意外にも無傷。

いや、優秀な装備をまとっている以上、必然の結果だったか。

オークの強力な打撃をくらっても、俺には一切のダメージが通っていなかった。

元より勝負は成立していなかったのだ。相手の攻撃は通じず、俺だけが一方的にダメージを与えられるんだから、負ける要因はない。

自分自身が強くなった感覚を得られないから気づかなかった。

新たな防具の効能は驚異的だ。

「いい加減くたばれや！」

何がなんだか分かっていない様子のオークに、俺はトドメの一撃を見舞う。ヘソめがけてカットラスを突き立て、そこでやっとオークは死亡し、煙となって消えた。

「ハァ……ハァ……て、手こずらせやがって」

ベストのおかげで俺に怪我《けが》はない。

けれど、随分《ずいぶん》と疲れた。かなり神経をすり減らしていた。俺が戦っていたのはオークではなく、装備を信じ切れないがゆえの俺の恐怖心だったのだろう。

「……これからは、余裕をもうちょい持つか……」

俺は強い。ちゃんと自覚しておかないとな。

「にしても、いい稼ぎになるぜ、こいつは」

オークが残していった金貨は十枚。ぴったり一万Gだ。

こいつを安定して狩れるようになれば、すぐにでも奴隷の購入資金は貯《た》まるだろう。

ベストを着ている限り敗北はありえない。冷静さを失わなければ問題なくこなしていける。

明日からはオーク退治で金を稼ぐとするか。

残り八〇万ほど貯めればいいから……早けりゃ二日もあればいけるな。

しかし性欲を糧《かて》にオークを狩って女奴隷を買うとか、エロゲー頻出《ひんしゅつ》単語表みたいな文面だな。

「っと、忘れるところだった」

俺は本来の目的を思い出し、カットラスからツルハシに持ち変える。

ここであることに気づいた。

「……採掘ってどうやんの？」

やり方もよく知らないので、適当にそのへんの壁を削ってみる。

クズ鉄しか出てこない。

いやいや、そんなはずは。

もう一発ツルハシを振る。やはり銀は出ない。ていうか、めっちゃ疲れるんですけど。ただの肉体労働なんですが。岩盤がアホみたいに固いから手痛いし。

結局、銀を掘り当てるのに体感で三時間はかかってしまった。


帰路に着いた俺はクタクタだった。

魔物と戦うよりしんどいことがこの世界にあるとは思わなかった。

それで得られたのがほんの僅《わず》かに銀が混じった石ころひとつって、割に合わなすぎる。

俺は二度と自力で採掘なんかしないことを誓った。

「おう、お帰り。上層には行けたか？」

「それは楽勝。銀もほら、ちっこいけど採ってきた」

幹旋所で出迎えてくれたおっさんに銀の鉱石を渡す。

「こっちはすげー手間がかかったぞ。絶対次はやらねぇ」

「ハハハ、いい社会勉強にはなっただろう?」

「ああ、理解したよ。俺に鍛冶の依頼は向いてないってな」

とにかく、納品は完了。これで依頼達成となり、ヒメリから預かっていたのであろう六〇〇〇Gが一括《いっかつ》で支払われる。

大してうまみはないが、まあ、臨時収入とでも考えておくか。

「直接渡してもいいんだぞ? いろいろ言ってやりたいこともあるだろう」

「ねぇよ。どうでもいい。勘違い女の相手をするのはもうこりごりだ」

これは明確に嘘だった。反論材料も整ったことだし、本当は鼻を明かしてやりたいという気持ちは多々ある。

しかし俺もそこまで暇《ひま》ではない。明日からはまた金稼ぎの日々が待っている。

「そういえばシュウト」

「なんだよ」

「これがお前の初の依頼成功になるな」

……あー、そうなるのか。

「薬草採取はバックレたし、お尋《たず》ね者の討伐は別に誰かから頼まれたわけじゃないしな」

「普通、懸賞金を獲得するほうが後になるんだがな……ともあれ、これでお前も駆け出しは卒業だ。Eランクに昇格させておくよ」

「なにそれ」

「ギルド所属の冒険者にはランクというものがある。加盟直後は何の階級もなし。これは簡単な依頼だけを受けられる状態だ。で、ひとつでも達成したらEランクにステップアップする。受けられる依頼に幅が出るぞ」

やれることが増えるのか。資格みたいなもんだな。

「そこから更に功績を積み重ねていけば、ランクもそれに従って上がっていくぜ。ある程度上がれば通行証を発行してやれるようになるから、他の宿場町にも遠征できる」

別の土地にも行けるのか。

ゆくゆくはボロ家を手放し、大都会にでかい屋敷を建てて豪勢な生活をしてみたいものだ。

「けどこの港町だって、王都を除けばドルバドルでもかなり栄えてるほうだぜ？」

見捨てたもんじゃないぞ、と弁解してからおっさんは続ける。

「それと、上位ランク限定で要請される依頼もあるから、でかく稼ぎたいならランクは上げておいて損はない。名うての盗賊団や暗殺者集団の相手をしようと思ったら、それなりの腕と実績が求められるからな」

「おいおい、受けられないと分かってて盗賊団壊滅させりゃ稼げるぞとか言ってたのかよ」

こいつ、どうせ俺が断るだろうと踏んでハッタリかましやがってたのか。

「お前が一度で大金を得たいって無茶言うから例として挙げてやったんだろうが。結局近道なんてのはないってことだ」

俺にはあるけどな、と口走りそうになるのを堪《こら》える。

それはさておき。

高ランクの依頼自体には食指《しょくし》は動かない。頭のネジが外れてそうな反社会勢力と戦ってまで高額報酬を取りに行く意義は、女神がくれた資金アップスキル持ちの俺には一切ないからな。そんなリスクに身を投じるくらいならゴブリンでも狩ってたほうが賢明だ。

だがランクには関心を寄せていた。要するにこれは俺の世間的な地位みたいなもの。どんなに金を持っていても「え……でもEでしょ?」みたいな扱われ方をするのは虚《むな》しい。

そういう意味ではヒメリの依頼をやっておいてよかったな。

「感謝しとけよ。銀一個持ってくるだけの依頼なんて、こんな楽な条件ないんだからな」

「そっか」

となると、あいつは俺が冒険者としてやっていけるよう背中を押してくれたのかもしれない。

まさか……ツンデレってやつなのか?

「真面目《まじめ》な話をすると、ランクも持ってないような奴に抜かれそうなのが納得いかないから、とりあえず箔《はく》だけつけさせておいて安心したかったんだろう」

そういう身も蓋《ふた》もない意見は求めてない。

「だが鉱山も余裕だったとなれば、次は湖畔《こはん》くらいしか今のシュウトが行けるところはないな」

「お？　他にも探索できるところがあるのか」

「西にずーっと行けば広大な湖がある。周辺に棲息する魔物が手強《てごわ》いのは当然として、遠いから野営の支度もいる。本来Eランクで立ち入るような区域じゃない」

「肩書きはそうだが、実力は違うぜ」

自信を持って言うと、おっさんはうむと頷いた。

「だろうな。なんせ一人で同時に三匹の賞金首を仕留《しと》められるくらいなんだから。……ここで採れる植物は珍しいものが多い。一度足を運んでみるのも悪くないぞ」

ほう、なにやらレア素材が眠っていそうな気配だ。

「ただなぁ、ここの魔物はマジで強いからな。パーティーを組んで行くような場所だぞ？　うちではパーティーの結成も仲介しているが、どうする？」

「いや、行くなら今回も単独だ」

そうはいっても一人は心もとない。仲間を募《つの》れというのは真っ当な忠告だろう。

やはり名実ともに必要なようだな、アレが。

翌日から俺は鉱山でのオーク狩りにいそしんだ。

最上部に出現するこいつの撃破報奨は一匹あたり一万G。

絶好かどうかは不明だが、まだまだ探索範囲の狭い現状においては一番の稼ぎスポットといえる。

一度倒した経験のある魔物なのでそう苦労はしない。かつてはびびりながらの戦闘を強《し》いられたけれど、被害がないと分かっていれば恐れる必要はなかった。

遭遇する、ボコる、金貨を拾う。

単純作業の繰り返しだ。

二日目の昼過ぎには予定どおり設定金額の一〇〇万Gに達したが、足りない可能性も考えて次の日も狩りを行った。

三日連続で働き詰めという、怠惰《たいだ》な俺にしてはありえない量の労働である。

結果として、俺の手元には一五〇万Gという莫大《ばくだい》な資産が残った。これ、金運がなかったら果たして何日がかりだったんだろうか。

「短いようで、長い旅路だった……」

オーク狩りを始めてから三日目の夜、自宅に戻った俺は金貨の群れを前にしてそわそわと浮き足立った気分に襲われていた。

落ち着けというのも無理な話だろう。

「これで……これで……」

そう、これでついに買える。

俺の奴隷が。

海洋鉱のカットラス

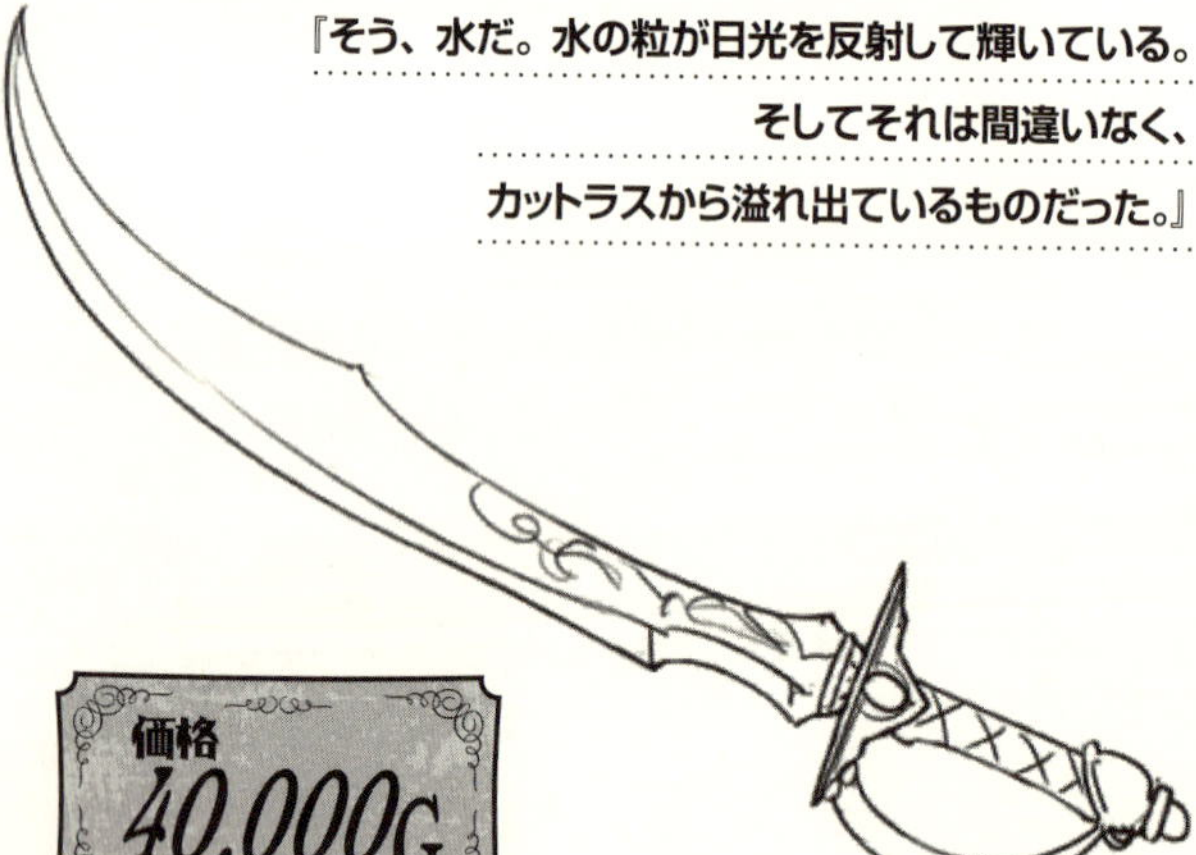

『そう、水だ。水の粒が日光を反射して輝いている。
そしてそれは間違いなく、
カットラスから溢れ出ているものだった。』

価格
40,000G

水属性の魔力を宿したレアメタル『海洋鉱』を含む合金が使われた、小型の片手剣。その刃は薄く、極めて軽い。

絶妙なバランスで最低限の剛性が保たれている。また、念を込めて振ることで水の刃を生成することができる。長い射程を持ち、刀身の短さゆえにリーチがないという武器の弱点を補っている。

剣そのものの切れ味も鋭く、初心者にも扱いやすいハイスタンダードな武器といえよう。

本来は船上で戦う海賊のために作られたものだったが、幾度かの交易を経た後、縁あってシュウトの手に渡った。

Episode.4

俺、到達する

大量の金貨を抱えて自宅を飛び出た俺は、足取りのおぼつかない酔っ払いどもをかきわけながら町外れへ向かう。

巨大な館が俺を出迎える。

転生初日に訪れた奴隷市場。

あの時はまったく手が届きそうになかったが、たった一週間で再訪することになるとは。

つくづく俺のスキルは偉大だ。

「いらっしゃいませ」

前回と同じく、ヒゲの男が接客に出てくる。

「おや、以前お見えになった方ですね」

「ああ、あの時は話だけさせて悪かった。今回はちゃんと取引をしに来たぞ」

金貨のぎっしり詰まった布袋を掲《かか》げると、商人は一瞬目を丸くした。

「どうかしたか？」

「いえ、その、少しばかり驚いてしまいまして……。まさか本当に入念に検討するためにお帰りになっていたとは」

やはりと言うべきか、俺は単なる冷やかしだと思われていたらしい。

「大変失礼いたしました。僅《わず》か一週間でこれだけの額を工面《くめん》できるのでしたら、お客様はこの町有数の長者でいらっしゃるのでしょう」

「ま、まあそんなところだ。それより」

俺はこほんと咳払《せきばら》いしてごまかす。

「展示室とやらに行ってみたいんだが。一度見てみないことには商談もできねぇ」

「承知いたしました。ではこちらへ」

奥の広間に通される。

心臓がバクバク鳴っているのが分かった。なんて緊張感なんだ……。

「こちらが展示室になります。品定めはご慎重に」

扉が開き、その内部が明らかになった。

そこは部屋というよりも、牢獄を思わせる造りだった。

室内は鉄柵《てっさく》で二つに区分され、俺のいる手前側の床には豪華な絨毯《じゅうたん》が敷き詰められていたが、柵の向こうでは質素な布が敷かれているだけである。

そこに、数十人の奴隷が入れられていた。

全員頭に動物の耳を生やしている。

どうしても檻《おり》を連想してしまう。

……ただ率直な感想を言わせてもらうと、それほどひどい環境ではなかった。

俺は『奴隷』という言葉から、勝手に足枷《あしかせ》や首輪といった拘束具を想像してしまっていたが、そういったものは嵌《は》められていない。

大事な商品だから、と体を傷つけないための配慮だろう。

衣服もさほどみすぼらしくない。汚い服を着させると実物以上に見劣りしてしまうからだろうか。そう考えさせられるほど、美人が揃《そろ》っていた。俺の好みを抜きにしてもだ。

いやいや、このルックス水準は異常だろ。

誰が来てもノーチェンジなんだが。

そもそも獣人自体が遺伝子的に目鼻立ちの整った種族なのだろうか？

体型ひとつ眺めても、肉感的な子、細身な子、ロリっぽい子……購入者ごとの趣味に合わせているとしか思えない。

皆、期待と不安の入り混じった眼差《まなざ》しで俺のことを見てくる。俺が見に来たはずなのに、こう一斉に全員の視線が向いていると、俺こそが衆目《しゅうもく》に晒《さら》されているかのような気分になる。

どちらかといえば期待するような目のほうが多かった。なんでもいいからこんな場所から早くオサラバしたいということか。

たくさんの美女からそんなふうに見つめられたら、そりゃ……。

やばい。治まれ俺。おとなしくしていろ俺！

「お客様」

「おっ、おう、なんだ」

急に話しかけられたので動転してしまう。

「どういった基準で奴隷をお選びになりますか」

「うむ、それなんだが……目移りしちゃって選ぼうにも選べず……」

「では僭越《せんえつ》ながら提案させていただきますが、実用性で選ぶのがよろしいかと思われます」

じ、実用性だと？　なんてストレートな言い回しなんだ。

「お見受けしたところお客様は冒険者でしょうから、戦力として計算できる獣人を推薦します。肉弾戦、もしくは魔法への適性がある者はいくらかおりますので」

なんだ、実用性ってそういう意味か……じゃなくて。

「確かに、ちょうど探索にも連れていける子を探していたんだ。どの女の子がいいかな」

「お客様、失礼ですが魔法の技量は？」

「皆無《かいむ》」

「では、魔力を有している獣人がよろしいかと。きっとお客様の長所を活《い》かし、短所を補ってくれる存在となってくれます」

ふむ、それは的確な意見だ。仮に戦闘に参加してくれなくとも、魔法屋で体験したように、ヒールやリペアが使える味方がいれば長旅で頼れるだろう。

「よし、じゃあそれで」

「かしこまりました。ですがお客様、ひとえに魔法の適性といっても、たとえば狐《きつね》の遺伝子を引く獣人は非常に秀《ひい》でていますのでワンランク高値となります。ご予算はいかほどですか？」

「一五〇万だ」

「ああ……それですと足りませんね。その金額の前後となりますと、山羊《やぎ》の獣人が最適かと思われます」

「や、山羊？」

なんか強くはなさそう。

「山羊は悪魔との関連性が深いとされています。侮《あなど》ってはなりませんよ」

「へえ。まあ能書きは分かったから、とりあえず見させてくれ」

頼むと、商人は「ミミ、ミミ」と手招きして柵の一番手前までその子を来させた。

「こちらが山羊の獣人になります。名はミミ。いかがでございましょう」

「いかがもなにも……」

百点です、としか答えられないいんだが。

ショートカットの真っ白な髪の毛から突き出た、ぴんと張った耳と弧を描く角を見ると、なるほど山羊なのが分かる。

エメラルドの澄み切った瞳は、草食動物の遺伝子の名残《なごり》だろうか。

そんな理性的な考察なんて全部投げ捨ててしまいたくなるくらい、ミミは美しい娘だった。

喜怒哀楽を面《おもて》に出さない、ぽーっとした表情もまたいい。

しかもである。背はそれほど高くないのに体つきは豊満で、着衣越しにもはっきりとした体

のラインが浮き出ている。どんだけ俺のツボを押さえてくるんだ。

もう魔法とかどうでもよく、このまま早く連れて帰りたい気分になってくる。

「本来一五二万Gの値をつけていたところなのですが、冒険者であるお客様の前途を祝して、一五〇万Gでの提供とさせていただきます」

「いいのか？」

「はい。その分、今後もご贔屓《ひいき》にお願いしますよ」

うーむ、いかにもな商人のやり方だ。損して得取れってやつだろう。

「分かった。この子に決めよう」

俺は布袋ごと金貨を商人に渡した。

奴隷商人は慣れた手つきで素早く精算を終え、俺に領収書を切る。

それから柵の端に取りつけられた戸の鍵《かぎ》を開け、ミミを窮屈《きゅうくつ》な牢屋から解放した。

邪魔な柵を隔《へだ》てずに目にしたミミは輪をかけて魅力的に感じた。間近で彼女を前にして、俺は人目もはばからずゴクリと生唾《なまつば》を飲みこむ。

「ミミ、こちらはこれよりお前の主人となるお方だ。挨拶《あいさつ》しておきなさい」

指示されたミミは眠そうな目のまま頭を下げ。

「よろしくお願いします、マスター」

と、少しだけ微笑を添えて言った。

俺の男心に響く、とろけるようなウィスパーボイスで。

ミミを従えて館を去ろうとする俺に、奴隷商人が見送りについてきた。

「お客様、ご満足いただけましたか?」

「あ、ああ、そりゃもう」

俺は隣に立つミミをちらちら脇見しながら答える。

「それは幸いでございます。ミミは聞き分けのいい娘ですし、魔法だけでなく家事をしこむのもよいでしょう。お客様の生活が一層豊かになることを願っております」

と、ここで商人は声のトーンを下げ、俺のすぐそばに近寄る。

特に重要な話だ、と前置きして。

「しかしミミは生娘《きむすめ》です。夜の相手を任《まか》せるには力不足かと」

耳打ちする商人。

「それと獣人は種の異なる人間との間にはめったに子を生《な》しません。世継ぎを残すような用途には適しませんので、くれぐれもお忘れなきよう」

まとめると、最高ということらしい。

なんとも落ち着かない心地で自宅に帰る俺だったが、ミミは遠慮してか主従関係を重んじているのか、その三歩後ろに付き従っていた。

「横にいていいんだぞ」

「ですが」

「ていうか、いてくれ。話がしたいんだ」

とりあえずコミュニケーションを取らないことには始まらない。

歩きながら親密さを深めようとする。

しかし何を話せばいいのだろう。奴隷商人にさらわれる前のことを聞くのはさすがにデリカシーがなさすぎるし。当たり障《さわ》りのない質問くらいしかできないんだが。

「歳はいくつなんだ?」

「先日一九を迎えました」

一九……分かっちゃいたが俺よりまあまあ年下だな。

「ミミはマスターのお名前が知りとうございます」

会話の続かない俺を見かねて、逆にミミから聞いてくる。

「シュウトだ。シュウト・シラサワ。今気づいたけど、こっち来てから苗字で呼ばれたことねえな、そういや」

「それでは、シュウト様とお呼びいたします」

なんてもどかしい呼ばれ方なんだ。

ミミはいちいち語尾にハートマークが似合いそうな甘い声で話すので、脳を溶かされないようにするのに精一杯だ。

「シュウト様は冒険者とお聞きしました。ミミに力添えできることはありますでしょうか」

「そりゃもう、魔法やらなんやらでサポートを……」

「ですが、ミミはひとつも魔法を扱えません」

「えっ、マジで？」

そういえばあの商人、適性があるって紹介しただけで今すぐ使えるとは言ってなかったな。

「……じゃあまずは覚えてもらうとこからだな」

武器屋や魔法屋で表紙は目にしたことがあるが、ああいった魔術書でも読ませればいいんだろうか。何冊か買ってみるか。

とはいえ今の俺は奴隷の購入に全財産を注ぎこんだせいで素寒貧《すかんぴん》だ。

金貨と銀貨が数枚しか残っていない。

……とりあえず明日もオークを狩りに行って当座の資金を作っておくとしよう。

「あっ、ついでに気づいたことなんだが」

「いかがなさいました？」

「一緒に探索するなら、ミミの分の装備も揃えておかないとな」

ミミはごくごく普通のチュニックを一枚着ているだけで、転生直後の俺と同様、村人A感が強い。

バカンスじゃあるまいし、魔物の蔓延《はびこ》る危険な場所に連れていくのにこの服装は論外。

「そんな上等の服をミミなんかにくださらなくとも……」

「違う違う。ミミがどう思うかだけじゃなく、俺がそうしたいんだよ」

やっとの思いで手に入れたミミを万が一にも失おうものなら、俺はしばらくショックで立ち上がれなくなるに違いない。

「シュウト様は優しいお方なのですね」

ミミが頬を染めて微笑む。表情が乏《とぼ》しい分、たまに見せる笑顔の破壊力が強烈だ。

俺が更にいいものを買って今使用している衣類をおさがりとしてミミに渡す、というのも考えたが、服にしてもベストにしても男モノなのでサイズが合わないだろう。特に胸の辺りは窮屈そうだ。俺は一体何を言っているんだ。

それに魔法を担当してもらうのに、武器が剣というのもチグハグである。

「明日の午前中に俺一人で稼《かせ》いでくるから、その後でいろいろ買い物に行こうか」

「承知しました。素敵な服を楽しみにしています」

服を着ていないミミが一番素敵だけどな。

俺の頭にはそんなアホみたいな口説き文句が浮かんでいた。

そんなこんなで自宅に到着。

ドアをくぐって中に入ると、ミミは少しだけ表情に戸惑《とまど》いの色を滲《にじ》ませた。

「どうかしたか？」

「いえ、その」

言いにくそうにするミミ。

「ミミを雇ってくださるほどなのですから、立派なお屋敷かとばかり」

うっ。痛いところを……。

確かに俺が初日から住んでいる家は、寝起きするくらいのことしかできない。最低限の間取りに最低限の家具。安い宿みたいな部屋だ。

客観的に考えると、四畳半のアパートに住んで外車乗り回してるようなもんだからな、俺。

「今はこんなんだが、そのうちいい暮らしができるようにしてやるよ」

俺は見栄《みえ》を張った。

自分の特質を考えれば、決して無謀ではない、はず。

「本当でしょうか？　でしたら、ミミはその日を心待ちにしたいと思います」

どうやら期待させてしまったらしい。

元々奴隷を買うのが最大の目的で、俺を突き動かす原動力だったが、こうなったら明日からもサボらず金稼ぎに努めないとな……。

「まあ、ここが狭苦しいのは間違いないからな……そのうえ今日からは二人で住むわけだし」

「はい。それにしても……」

妙に気まずい空気が流れる。

それもそのはずで、ミミが見つめているのは一つしかないベッド。

正直、そういう根幹に関《かか》わる反応はやめてほしい。女一人部屋に連れこんでる時点で俺の内側には真っ黒い感情が渦巻いているんだから、なんというか、こっちも、いろいろと困る。

「もう夜も遅いですけど、ミミはどちらで眠ればよいのでしょうか」

視点をベッドから動かさないまま聞いてきた。

ど、どう答えればいいんだ。

床で寝ろとは言いづらいし、俺が床で寝るというのもどっちが主人だよって話になる。

ミミは市場で見かけた時から変わらない惚《ほう》けた表情のままだ。やや焦点《しょうてん》を下げると、滑《なめ》らかな腰のラインが目に入る。

本音を言わせてもらうなら、この腕に抱きたくて仕方がない。

一緒に寝ようよとか誘うべきなのか？　俺はそんなスケベ親父みたいな台詞《せりふ》は吐けんぞ。

強権発動で命令するか？　ただこの世界の奴隷は必ずしもそういう用途が主目的ってわけじゃないみたいだし、拒《こば》まれたらそれまでになってしまいそうだ。

ここは男らしく、手は出さないと宣言すべきでは。そして好感度を上げて向こうから心を開いてくれることを待つ。……無難な解決法に見えるが、こんなのは机上《きじょう》の空論《くうろん》。我慢できるかってての。言っておくけど俺は今フルチャージ状態である。

もう欲望に任せて有無《うむ》を言わさず押し倒すのが……いやいや待て待て、嫌悪感を持たれるのも今後に響くし……。

「そ、添い寝してくれ！」

悩みに悩んだ挙句俺が口走ったのは、童貞みたいな妥協点《だきょうてん》だった。

ミミは一瞬目をぱちくりさせた後。

「承知しました」

と少しだけ照れた表情で返事をした。

「……えっ？　いいの？」

「シュウト様の申し出であるなら。それに床で寝るように指示されるよりは、ずっと嬉しいお言葉ですよ」

こんな次第で。

消灯後、俺とミミは一枚の布団にくるまった。

久々のぬくもりやら自分の腑甲斐《ふがい》のなさやらで無性に気恥ずかしくなった俺は、あろうことか背を向けて寝るという大失態を演じてしまったのだが、ミミはぴったりと寄り添っている。

寄り添っているということはすなわち、俺の背中に柔らかいものが当たっているわけでして。

ミミのかわいらしい寝息がかすかに聴こえてくる。

緊迫感が半端《はんぱ》ではない。

俺の心臓は休まることなく動悸《どうき》がしてフィーバー状態になっている。

まったく寝られないんだが。

「シュウト様、どうかなさいましたか？」

「お、起きていたのか」

「マスターが安心しておやすみになるまで、眠るわけにはいきませんから」

ああ、なんてかいがいしいことを言ってくれるんだ。そういう発言のせいでますます興奮して目が冴《さ》えてしまうんだけども。

「もしかして、シュウト様は緊張して寝つけないのでしょうか……ミミがいるから」

「そういうわけじゃ……いやそういうわけではあるけれど！」

全身をもぞもぞさせながら慌《あわ》てる俺の様子で、ミミは何かを察したらしい。

ふふ、と笑う声が聴こえた。

「ミ、ミミ？」

うろたえる俺の心をミミは知ってか知らずか……いや確実に知っているのだろう、ぎゅっと距離を詰めてくる。

体温がはっきりと伝わってくる。

細くしなやかな髪が俺の首筋をくすぐった。

ミミは俺の腰の辺りに腕を回した。密着の度合いは増し、ふよふよとした胸が触れているどころか押しつけられているかたちになる。

絡《から》ませた腕で、ゆっくりと俺の下腹部を撫《な》でるミミ。

「いいのですよ」

耳元でささやかれる。吐息が理性崩壊寸前の俺の耳に吹きかかり、ますます劣情をかきたてる。

より一層甘く儚《はかな》げな声で、ミミはトドメを刺しにくる。

「ミミは既にあなたのものなのですから」

さらば理性。こんにちは本能。

ここが俺の臨界点だった。

なんて清々《すがすが》しい朝なんだ。

スズメの鳴く声が俺を祝福するファンファーレに聴こえてくる。

「おはようございます。お目覚めになられましたか」

ベッドから出て伸びをする俺に、先に起きていたミミが朝の挨拶をしてくる。

「服は着たほうがいいですよ」

視線をとある一カ所に留《と》めたまま、ミミは面白おかしそうに言った。

にしても、体が軽い。

昨晩散々堪能《たんのう》したんだから疲れているはずなのだが、それ以上に気力の充実を感じる。

しばらくは冒険者稼業《かぎょう》に身が入りそうだ。

それにしても、ウブだと聞いていたにもかかわらずあれとは……山羊は悪魔との結びつきが強いって話が今なら分かるな。

買い置きしてあった塩味のきついパンとワインで二人揃って朝食を済ませ、俺は予定どおり出発の準備を整える。

「んじゃ、ちょっくら行ってくるわ。腹が減ったら適当に干し肉でも炙《あぶ》って食べといてくれ」

「いつごろお帰りになられますか」

「昼過ぎには帰る。まあ一〇万Gもあれば足りるだろ」

「たった半日でそれだけ集まるのですか?」

「おう。任せとけ」

「シュウト様、あまり無理はなさらずにお願いしますね。シュウト様の無事が一番なのですから」

ミミはどうやら俺が怪《あや》しい仕事に手を染めているのではないかと案じたようだ。

「そんな危ない橋は渡らねぇよ。やる度胸もないし。普通に魔物が落とす金を集めるだけだ。俺は金運だけは並大抵じゃないからな」

そう言い残して俺は鉱山へ向かった。

毎度思うが、移動の手間のほうが断然かかる。いざ鉱山で活動し始めると大した苦難はない。サクッとオークを十体狩り、道中ついでに倒しておいたゴブリンとコボルトの分も含め懐《ふところ》に余裕を持たせた状態で帰還。

「おかえりなさいませ……わっ、本当にぎっしりです」

ミミはまだ半信半疑だったようだが、布袋の中でジャラジャラ鳴る金貨を目にして俺の言葉が真実であることを理解したようだ。

「町に出るぞ。買うものはたくさんあるからな」

「お供いたします。……お隣を歩いても構わないでしょうか？」

「お、おう」

まずは防具屋へ。

本当はレア素材を用いた防具を手に入れられればベストなのだが、俺と違って才能のあるミミはそこまで高性能な品を必要としない。

とはいえ、できる限り品質のいいものを買ってやりたいところだ。

「そちらのお嬢さんは……獣人か。お前さんもなかなかどうして隅に置けないなぁ」

「うるせぇよ。そんなことより、ローブを見せてもらえるか？」

鎧《よろい》をまとえるほどミミは体力の面で優れているわけじゃないので、ここは魔法使いらしくローブ一択だろう。前衛は俺、後衛にミミ。完璧な布陣だ。

「ローブだったら、あそこに吊ってるので全部だ。狭い店だがゆっくり見ていきな」

店主のおっさんが指差したスペースでは多くのローブがごちゃ混ぜになっていた。

「値段もピンキリだな……なあおっさん、高けりゃ高いほど上物って考えていいのか？」

「基本的には」

だとすれば、大分候補が絞られてくる。

値札を参考に何着かリストアップした。デザインはバラバラだし、触った感じ生地《きじ》にも違いはあるが、売り値はどれも似たようなものだ。

「ミミはどれがいい？」

「シュウト様が与えてくださるものなら、なんでも好きになる努力をします」

「そういう答えは困るんだよ……俺の美的センスにゆだねないでくれ」

なにせ現代ではバイト先の制服以外だとジャージかスウェットくらいしか着たことがないくらい、俺はファッションに無頓着《むとんちゃく》な人間だ。

なんとか説得して本人に選んでもらう。

眠たげな瞳に僅《わず》かながら真剣みを帯びさせて、ローブを吟味《ぎんみ》するミミ。こういう姿を見ると女の子だなーと思わされる。ベッドの中の次くらいには。

「ミミはこれが気に入りました」

彼女が手に取ったのは鮮やかなパステルブルーが眩《まぶ》しい薄手のローブだった。

淡色だし、白い髪をしたミミによく似合うと思う。多分。

「目が高いな。そいつは植物由来の繊維をふんだんに使った最新型だぜ。丈夫さでは少し劣るが、動きやすさはピカイチだ。風通しもいいから涼しいぞ」

「分かった。これを買っていこう」

俺は十二枚の金貨をカウンターに積む。

「ここで装備していくか？」

おっさんがお決まりの台詞を口にする。

「そうしたいのはヤマヤマだが、エロ親父はあっち向いてろ」

「なんだ、お前さんは見てても許される間柄ってことか。これはこれは」

「ニヤニヤすんな。いいから壁でも眺めてな」

俺はおっさんが振り向かないか小まめに監視しつつ、ミミが着替え終わるのを待つ。

「……どうでしょうか」

真新しいローブを羽織ったミミは魅力が数段増していた。

胸元がまったく開いていないデザインだからか、清純な印象を受ける。

「あ、ああ、似合ってると思うぞ。なんていうかこう、知性みたいなのを感じる」

「ありがとうございます。奴隷である自分に、こんなにも素敵なローブを与えてくださったシユウト様には感謝の言葉もございません」

ミミが頭を下げる。こうやって改まれると、どうにも照れくさい。

次いで武器屋を訪ねる。

ここの店主はいつも椅子に座って眠そうにしているから、いちいち大声で話しかけないといけないのが面倒くさい。

「しっかりしてくれよ。今日はちょっと頼みがあって来たんだ」

「なんだね？」

「魔法を使うのに適した武器が欲しいんだよ。あー、別に俺が使うってわけじゃなくてだな、こいつに持たせたいんだ」

俺がおっさんにミミを紹介すると、二人して眠そうな顔のまま挨拶を交わす。

なんとも気の抜ける光景だ。

「魔法ねぇ。定番は杖《つえ》だけど、魔術書や水晶なんかも人気だね。魔法の心得が十分なら杖が一番いいけども、そうでないなら魔術書を持って戦ったほうがいいかな」

「どうしてだ?」

「本は魔力を増幅してくれたりはしないけど、やり方を読みながら魔法を使えるから勉強の手間が大分省けるんだよ。暗唱できるようになったら用済みだけどさ」

カンペみたいなもんか。

「よし。じゃあ回復魔法が載《の》ってる魔術書を売ってくれ。ミミにはまずヒールとリペアを使えるようになってもらわないとな」

「それだけでいいのかい? 将来性を考えれば攻撃魔法も習得させるべきだと思うよ」

「んー……せっかくだしそっちも買うか」

教材を兼ねるからか魔術書はただの紙のくせにやたら高く、二冊で四万九〇〇〇Gもした。痛い出費だが……必要経費なので仕方ない。

恐ろしいことにこれで基礎中の基礎の教本だというのだから、レベルの高い魔法を覚えさせようと思ったら相当金を食いそうだな。

「一生懸命学びます」

魔術書を抱えるミミはあまりやる気のある表情には見えないのだが、どうなることやら。

まあ普段からこのぽけっとした顔つきではあるが。

とにかく、これで差し当たりの装備は整った。

残った資金で雑貨屋に寄り、斡旋所《あっせんじょ》のおっさんのアドバイスに則《のっと》って湖畔《こはん》での野営用にテントとランプ、そして燃料を購入。

更に市場で食料を買いこんだ頃には、すっかり日が暮れていた。

「腹減ったな……」

そういや昼は食ってなかったな。や、それより。

「ミミ、飯でも食いに行こう。まだ金は残ってるからちょっとくらい贅沢《ぜいたく》しようぜ」

昨日契約を結んで以降、まだミミに温かい食事を摂《と》らせてないことを思い出した。

「ミミなんかにごちそうだなんて、そんな」

「どんだけ遠慮しても連れていくぞ。そもそも俺自身が、すぐにでも何か腹に入れたいんだからな――」

奮発《ふんぱつ》して今までよく行っていた飯屋よりも、ワンランク上の店に入る。

真っ赤なレンガ造りの小洒落《こじゃれ》た店だ。

外食するたびに感じさせられるが、相変わらずメニューが意味不明すぎる。見慣れない料理名しかない。かろうじてパンとアルコール類だけが認識できる。

「なあ、この料理何か知ってるか？」

「いえ……不勉強でして」

案の定ミミもよく分かってない。

ここは奥義、『勘』を発動させる。

なんとなくで頼んだところ、運ばれてきたのは大量の腸詰《ちょうづ》めだった。上に溶かしたチーズがこれでもかってくらいかかっている。

次にひんまがった形をした野菜の酢漬けがテーブルに置かれる。箸休《はしやす》めってか。

とりあえず腸詰めの一本にフォークを突き刺す。

「……う、うめぇ！」

パキッと音の鳴る理想的な茹《ゆ》で加減だ。この肉厚さが頼もしい。例によってなんの肉かは謎だが、うまいのであまり深く考えないようにしておこう。

チーズの塩気もいいじゃないか。

俺はエールを、ミミは酸味の効いたシードルを注文していたが、どちらにも合いそうだな。

実際に俺がグビグビやってるエールとの相性は一〇〇点満点中一三〇点はある。

「とってもとってもおいしいです。こんなに幸せな食卓は初めてかもしれません」

腸詰めを頬張るミミは、とろんとした表情をしている。

うむ、連れてきて正解だった。この感慨《かんがい》が金貨一枚で買えるとは安いもんだ。


帰宅後、俺たちは今日の戦利品を一度並べてみる。

ローブに魔術書、湖畔での必需品……最低限の準備はできたか。

「シュウト様、ミミはしばらく魔法を勉強させていただきます。先におやすみになってください」

満足して就寝しようとする俺にミミがそう告げた。小さなロウソクの火だけをつけ、夜中まで『初級再生のグリモワール』と表紙にある魔術書で学習するつもりらしい。

「寝ないのか？」

「しばらくしたらミミも眠ります。ですが、早くシュウト様のお役に立ちたくて」

ミミの決意は存外に固い。

少し残念だったが、せっかく乗り気でいるところに水を差すのも悪い。それに「役に立ちたい」なんて健気《けなげ》な台詞を聞かされたら「そ、そう」みたいなドキドキした返事しかできないじゃないか。

やむなし。一人で寝よう。

俺は瞳を閉じ、明日からのミミとの冒険に想いを馳《は》せていた。

初級再生のグリモワール

『恐ろしいことにこれで基礎中の基礎の教本だというのだから、
レベルの高い魔法を覚えさせようと思ったら
相当金を食いそうだな。』

価格
25,000G

世界全土に広く流通している、魔法使い入門の決定版!
中でも利便性の高い再生魔法を記したこの魔術書は非常に人気が高い。
掲載されている代表的な魔法は、怪我や疲労を取り払う『ヒール』、
耐久度の落ちた装備品を補修する『リペア』、
体や衣服の汚れを洗い落とす『リフレッシュ』など。
いずれも長期間の探索を視野に入れるなら
覚えておいて損のないものばかりだ。
現在、ミミが一生懸命勉強中。

Episode.5

俺、奔走する

顔の上にスライムが乗っかっている。

目が覚めた時、真っ先にそう感じた。

いやいや、家の中にスライムとかいるわけないし。いるのは俺とミミだけだし。だとしたらぷにぷにのこれは、後から布団に入ってきたミミの……。

「おわっ!?」

思わず跳ね起きる俺。

「あ……おはようございます。申し訳ありません。寝過ごしてしまいました」

驚く声でミミを起こしてしまったようだ。半開きのまぶたを眠り足りなそうにこすっている。

「い、いや、いいんだ。昨日は疲れただろうしな！　遅くまで勉強してたし！」

こっちはそれどころじゃねっての。朝っぱらから不意打ちで刺激を受けて困惑《こんわく》してるんだぞ。

要するに朝特有の生理現象のせいでギンなところをギンギンにさせられたってな具合だ。

オークの生傷から漂う悪臭《あくしゅう》を思い返して鎮《しず》める。

よし、落ち着いた。

「魔術書を軽く読んでみた感じ、どうだった？」

「とても興味深く学ばせていただきました。魔法は難しいですが面白くもありますね」

センスに恵まれた種族なだけはあり、飲み込みは早そうだ。

うむ。この調子なら大丈夫だろう。

「飯食ったら出発するかー」

俺はごそごそと棚からワインの瓶を取り出す。

朝湯には縁がないが朝酒は毎日のように浴びている。最初の頃はこれダメ人間じゃねーかという気分になったが、今ではすっかり慣れてしまった。というか、この世界ではそれが普通。ワインは最もポピュラーな飲み物のひとつだ。

パンを並べて簡単な朝飯の完成。

食料品市場で買ったジャムを開封しつつ、ミミがぽつりと漏《も》らす。

「おうちでも温かいスープが飲めたら、素敵だとは思いませんか？」

「そりゃまあ」

「ミミは魔法だけでなく、その、料理も覚えとうございます。奴隷であるからにはシュウト様の身の回りの世話もできなければ申し訳が立ちません」

だが俺の家にはかまども炊事場もない。

となると次の目標は……引っ越しか……。先は長いな。

「その第一歩を踏み出すためにも、今日から二人で励んでいかねぇとな」

一生分の貯えをして、でかい屋敷でダラダラしながらメイドのミミと暮らす。

夢のような生活じゃないか。いつかは雇う奴隷の数も増やして、美女に囲まれた華々しい毎日を過ごすのが究極形だな。

「ま、ミミに飽きるなんてことはありえないけども」

「どうかなさいましたか？」

「いや、なんでもない」

パンをたいらげた俺たちは多くの荷物をかついで家を出る。

目指すは無論、初の本格的な遠征となる湖畔《こはん》。

ただその前に、一度訪ねておきたいところがある。言うまでもなく斡旋所《あっせんじょ》である。

せっかくなので湖畔で行える依頼を一個か二個、可能ならあるだけ全部受けておいて、俺の名声も同時に稼《かせ》いでおきたい。

ランクが上がらないと他の町に移ることもできないしな。

「なんかすげー久々に感じるな、ここ」

数日顔を出してなかっただけなのに。

情報はナマモノだから、定期的につまんでおかないと腐っちまうってことか。

変に詮索《せんさく》されると困るので、ミミには外で待っておくように伝えた。

それにおそらく、ミミを冒険者に登録するのは不可能か、仮にできたとしても簡単じゃないだろう。奴隷に身分を与えるのはよくないとかそんなんで。

「ようこそギルドへ……おお、シュウトか。えらく久しぶりじゃないか」

「いろいろと準備に追われてたからな」

「ということは、湖畔に向かう覚悟ができたってことか」

「まあ、そんなとこだ」

それより。

「俺はこんなどーでもいい世間話をしに来たんじゃない。仕事を探しに来たんだ」

「おっ、気合いが入ってるな。いい傾向だ」

「派遣先が湖畔のやつを教えてくれ。採掘以外ならどれでもやるぞ」

それなら、とおっさんは帳面をめくる。

「急ピッチで進めてほしい依頼がある。今朝入ったばかりの救援依頼だ」

「ほう。なにやら穏やかじゃないな」

「湖畔で活動していたパーティーが昨日未明、賞金首の魔物に襲われて散り散りになったらしい。ほとんどの奴はなんとかここまで帰ってこられたんだが、一人怪我《けが》してまともに身動きが取れない仲間がいるそうだ」

「え……それって大丈夫なのか？」

不吉なイメージが脳裏をよぎる。

「朝一番に戻ってきた奴の話だと、多分草むらに身をひそめているはず、とのことだ。眠れぬ夜を過ごしただろうから早く助けに行ってくれってさ」

死にはしてないだろう、とおっさんは意外にも楽観的に語る。

冒険者のサバイバル能力を信用しているようだ。

「だが三日を越えて持つかどうかは、神様の気まぐれ次第になってしまう。早めに対応してやってほしいところなんだが、どいつもこいつも札付《ふだつ》きが出たって聞いて怖気《おじけ》づいててな……」

「よっしゃ、だったら俺が救出してくるよ」

載《の》せられた報酬の三万Gは、他の依頼群と比べてダントツで高い。

だが俺にとってはそんなのは些細《ささい》な差。重要なのは、この依頼を達成することで俺の地位の飛躍的な向上が望めるということだ。

斡旋所の同僚を助ける。これ以上にヒロイックな出来事はない。

それに野垂《のた》れ死《じ》にされるのも後味が悪いしな。

打算を抜きにしても救えるもんなら救ってやりたいところだ。

まったく恐怖心がないというと嘘になるが、俺には強力極まりないカットラスがある。多少のことじゃビクともしないベストがある。

今回は更にミミもいる……もっとも、初陣《ういじん》なのであまり無理はさせられないが。

……危険に晒《さら》されるなんて大っ嫌いだったのに、俺も随分《ずいぶん》変わったな。

でも根底にあるのは最終的に満ち足りた生活を送りたいっていう欲望ダダ漏《も》れの精神だから、そんなに変わってないか。

「で、動けないってのはどこのどいつだ？」

その他の採取系依頼もまとめて承諾《しょうだく》しながら、救出対象の冒険者について尋《たず》ねる俺。

おっさんはここで初めて苦々しげな表情を作り、答える。


「ヒメリだ」


「えっ？」

マジかよ。

「あの馬鹿野郎、なんですぐに撤退しなかったんだ」

「功を焦《あせ》ったんだろうな。ヒメリの奴、お前への対抗心が凄《すご》かったからな……最後まで倒す気で向かっていったに違いない」

おっさんが言うには、ヒメリはこれまで要注意指定の魔物を討伐《とうばつ》したことがなかったらしい。

新参者の俺が先にそれを成し遂《と》げてしまったから焦燥感《しょうそうかん》に苛《さいな》まれたのだろう。

で、遭遇に及んだ今回張り切りすぎたと。

あの性格だ。ありえる話だな。

「高ランクの連中はドルバドル全域を転々としているからこの町には残っていない。逆によそからやってきてる冒険者にとっちゃ、うちのお家事情なんて対岸の火事だ。お前だけが頼みだぜ、シュウト」

おっさんが俺の肩を力強く叩いた。

本音を言うと、あの女とはあまり積極的には関《かか》わりたくないと思っていたが……だからって私情を差し挟むほど、俺はろくでなしじゃねぇ。

「任《まか》せろよ」

俺はそう返答した。

斡旋所を後にし、外で待機していたミミに声をかける。

「行くぞ、ミミ。結構な大仕事を取ってきた」

湖畔までの道のりはこれまでとは比べ物にならないくらい長かった。

往路《おうろ》で昼食を摂《と》りつつ、地図を参考に歩いていく。

結局六、七時間は歩いただろうか？　既《すで》に日が傾きつつある。

「疲れましたね……」

「……だな」

荷物が多いから俺もミミも余計に疲労している。

こういう旅を続けていくなら、いずれは力自慢の奴隷を雇うことも念頭に入れとかないとな。

「さて、へばってばかりもいられないな。明るいうちにヒメリを探し出さねぇと」

草むらに隠れているはず、と情報をもらったが、湖畔の周りには植物が多すぎてまったくと言っていいほど居場所の見当がつかない。

「邪魔くせー！」

豊かな自然をうっとうしく感じたのは初めてだ。

片《かた》っ端《ぱし》から探すしかないか。

しかし各ポイントを順々に巡っていくということは、敵と出くわす機会も増えるわけで。

「シュウト様、魔物です」

「分かってる。手早く済ませるぞ」

俺たちの進路をふさいだのは俺の背丈《せたけ》ほどもある巨大な花だ。長い二本のツルが腕のようにうごめき、根っこが足代わりとなって自走を可能としている。

小走りフラワーと命名しよう。

「うらぁっ！」

カットラスから水を溢《あふ》れさせ、衝撃波を生成。いつものように初手を取る。

ダメージ自体は軽微——だがひるませることはできた。

「バッサリいくぜ！」

間合いを詰め、カットラス本体で本命の一撃を叩《たた》きこむ。硬度と鋭利さを両立した刃《やいば》がまっぷたつに茎を切断し、生命力を失った魔物は煙となった。

「ざっとこんなもんよ」

十五枚の金貨と、何かの素材になりそうな葉っぱが撃破報奨《ほうしょう》として残される。

ドロップ品を見る限り鉱山の魔物よりも強いみたいだが、あまり手応《てごた》えはなかった。オークを倒しまくったせいか俺自身の戦闘力も上がっているらしい。慣れってのは恐ろしいな。

「凄《すご》いです。シュウト様は、とてもお強いのですね。それに……」

感情の起伏《きふく》がなだらかなミミが、ちょっとだけ戸惑《とまど》った顔つきをしている。

「こんなにいっぱいの金貨……なぜ得られたのでしょう？　ミミはびっくりしています」

「俺は神に愛されてんだよ」

その辺にいる人間ならともかく、身内のミミに隠す意味はあるまい。

「雑魚《ざこ》を狩ってるだけの俺が誰よりも稼げてる理由ってのは、ま、こういうことだ。それより、急ぐぞ。ここには人の気配がねぇ」

「は、はい。分かりました」

湖を一周するように進む。

完全なローラー作戦だ。

道中出現する魔物はさっきみたいなのを更に凶暴にした植物っぽい奴、四足歩行の爬虫類《はちゅうるい》っぽい奴、バタバタとやかましく羽ばたく鳥っぽい奴など、かなりバリエーションに富んでいた。

いずれもでかい。この世界の生態系の壊れ方には毎度のことながら度肝《どぎも》を抜かれる。

ちなみに名前はそれぞれ食人フラワー、突進トカゲ、ノイズ鳥とつけてやった。

なるべくミミは戦闘に参加させずに、俺一人でそいつらの全部をなぎ倒していく。

疲れてきたらミミにヒールをかけてもらい、また捜索を続行。

これだけでも、スキルの恩恵もあって結構な収益になった。

ついでに傷薬の材料になる薬草も拾っておく。これはミミにも手伝ってもらった。死ぬほど退屈で地味な作業だが、採取依頼も受けているから仕方ない。

「ミミは採取も好きですよ」

とミミは草食動物のサガか割と楽しそうにしているが、俺は清掃のバイトを思い出すからダルさしか感じられない。

夕陽が湖面を赤く染め始めた。

女剣士はまだ見つからない。

「くそっ、一体どこにいるんだ？　ヒメリ！　いるなら返事くらいしやがれ！」

俺は嗄《か》れかけた声を振り絞って呼びかけるが、反応はない。

その声に呼び寄せられたのは魔物どもである。

「め、めんどくせぇ……」

トカゲが俺へと体当たりを見舞ってきたが、さしたるダメージはない。慌《あわ》てず騒がず、背中にざっくり刃を突き立てて処理。次に向かってきた奴も同様に対処した。

「シュウト様」

「なんだ?」

いい加減嫌気の差してきた俺にミミが話しかけてくる。

「あちらの草場から、すすり泣く声が聞こえてきませんか?」

「泣き声?」

ちっとも聞こえないいんだが。

とはいえ他にアテにできるものもないので、おとなしくミミに従う。

ある程度歩を進めたところで。


「……っく……ひっく……ぐす……」


自分にもその声が聞こえた。トーンの高さからして女であることは間違いない。

え。っていうか……。

泣いてんの? あのタマが?

かなり意外だった。心細さに打ちひしがれるようなタイプには見えなかったけど。

「ヒメリ!」

名前を呼ぶ。

「だ、誰……シュウトさん!?」

ヒメリは助けに来たのが俺だと気づいた瞬間、凄《すさ》まじい勢いで涙を拭《ぬぐ》い始めた。

「もう遅いっつーの」

「いや、これは……そ、そんなことよりです、どうしてシュウトさんが湖畔まで？」

「お前の救助要請が出てたんだよ。感謝しろよな、マジで」

へたりこんでいるヒメリの足には目立った外傷はないが、身動きするのも困難ということは捻挫《ねんざ》でもしているのだろう。

ともあれ命が無事ならば、それに越したことはなし。

「しかしまあ、お前みたいな気の強い女がおっかなくて泣いてるとは予想だにしなかったな」

「ちっ、違います！　私はただ……その……」

「なんだよ」

「……お腹がすいてることが辛《つら》かったんです！」

ヒメリは顔を真っ赤にして告げた。

「はぁ？」

「これ……」

気まずそうな表情でカバンの中身を見せてくるヒメリ。

地図、コンパス、水筒、ランプ、ナイフ、ロープ、毛布、ピック……ありきたりな冒険アイテムが詰まっている。着替えのパンツもさりげなく入っていたのだが、俺は見てないふりをした。色が白だったとか、そういうのは墓場まで持っていく。

が、肝心のブツがない。

「食料、ひとつも残ってねーじゃん」

「眠れないストレスでつい……最低でも三日分は携帯していたはずなんですけど」

どうやら寝込みを襲われないよう夜通し起きていた間、ずっと食ってたらしい。

で、今日の分がなくなったと。

俺は呆《あき》れた。というか、結構余裕あるじゃねぇか。

「いけませんか」

「なにが?」

「女の子がたくさん食べちゃいけませんか!」

ヒメリは開き直ったような台詞《せりふ》を言ってくる。目の端に涙を溜めて。

「ふ、太ってないから、いいと思うぞ」

「そういうことじゃなくてですね……!」

よく分からんので、とりあえず持ってたパンで餌付《えづ》けしてみる。

「……はあ、餓《う》えから解放されたら気分が落ち着いてきました」

やっとか。こういうのも腹の虫が治まるって言うんだろうか。

「た、助けてくれたんですから一応礼は述べておきます。感謝させていただきます」

「普通にありがとうって言えよ。どういたしましてくらいは返してやるぞ」

なんの意地があるのか知らないが、ヒメリは複雑な表情でごにょごにょ口籠《くちご》もるだけだった。

嬉しい気持ちもなくはないのだろうが、大方俺に貸しを作られたのが不本意なのだろう。もっと素直になっとけっての。

まあ、こいつがどんなふうに考えていようが、どうでもいい。

連れて帰るのが俺の任務だからな。

「さっさと帰るぞ。ここでまたバケモンに出てこられたらかなわんからな。立てるか？」

「いえ、まだ……痛みが」

「そうか。なら専門家の手を借りるっきゃないな。おーい、ミミ」

離れた位置にいる従者を呼び寄せる。

「こいつの手当てをしてやってくれ。まずはヒールと……他に処置しておいたほうがいい魔法があればそれも頼む」

「かしこまりました」

失礼します、とミミはヒメリに許可を取ってから足に触れる。片側の手で魔術書を読みながら、適切な再生魔法をピックアップしつつ順に施《ほどこ》していった。

ヒメリは自分の治療を行っている女が俺の仲間であることは理解したようだが、何者かまではしばらく分からなかったらしい。が、その頭に生えている角と耳を目にした瞬間、真っ赤な顔で、しかも妙に取り乱した様子で俺を睨《にら》んできた。

「ふ、不潔な！」

「何を想像してんだよ」

口ではそうとぼけたが、純朴少女の妄想は概《おおむ》ね合っているので黙っておこう。

「終わりましたよ。歩けるようになったはずです。ですが、あまり無理はなさらずに」

「あ、ありがとうございます……ミミさん、でしたっけ。優れた魔法の使い手なんですね。おかげでくじいた足もよくなりました。シュウトさんにはもったいないくらいです」

なぜかミミにはあっさり謝意を示すヒメリ。というか、そこで俺への嫌味はいらんだろ。

「そんじゃ、依頼もすべて達成したことだし……町に戻るぞ」

日は既に沈んでいるため帰りは遅くなってしまうが、今からなら十分寝床には間に合う。

復路はめちゃくちゃ疲れるだろうが、野営しないで済んだのはラッキーだった。

どうせ寝るなら布団の中が一番だよな……。

そう考えていた時、俺はどういうわけかヒメリの視線が一カ所に釘付けになっていることに気がついた。

ヒメリの肩はかすかに震えている。

それが何を意味するか読み取れないほど、俺はマヌケじゃない。

「……このタイミングで出てくるかね」

敵襲。

それも飛び切りの大物だ。腹を腐らせた馬鹿でかいカエルだなんてイカれた生き物は、生まれてこの方お目にかかったためしがない。

それにしてもブサイクな魔物だ。子供が憧《あこが》れる要素をひとつも持ち合わせていない。

視界にはうっすらと暗闇の幕が張られている。

ギリギリ瞳は暗順応が間に合っているが、それでも見えづらいことには変わりない。

「あいつがお前のパーティーを襲った奴か？」

「そ、そうです！　普段は湖に潜っていて、地上に出てきたとしても深夜のはずなのですが……」

ヒメリの解説が事実なら、活動時間帯がいつもより早いことになる。

理由が分からない、とヒメリは想定外の事態に混乱するが、俺にはなんとなく察しがつく。

気分だろ。人間にだってよくある話じゃん。

「気をつけてください！　見た目は、ええと、ちょっとグロテスクなだけであまり強そうには思えないかもしれませんが、非常に危険な個体です！」

言われずとも分かっている。

　カエルの分際で俺の背丈を上回っている時点で只者《ただもの》じゃない。

「ミミ、絶対に前には出るなよ。サポートに専念してくれ」

　とカットラスを構えながらビシッと決めてみた俺だったが、ここである重要事項を思い出す。

「……ヒメリ」

「どうしました？」

「お前も戦うのか？」

　念のため確認。

「こうなってしまっては共闘するしかないでしょう。気乗りはしませんが」

　あ、やっぱりですか。

　となると、俺の収入形態が発覚してしまうんですが。

「なあ、ヒメリよ。ここは俺に任《まか》せておいても大丈夫だぞ。お前だけ先に帰っていいぜ」

「そうはいきません！　私にも冒険者としての矜持《きょうじ》があります！」

　襲われた時の恐怖がまだ尾を引いているだろうに、一切退《ひ》く気配はなく、がっしりと両手持ちの剣を握り締めている。

　くっ、ヒメリの頑固さがここに来て裏目に出たか……。

　だが四の五の言ってはいられない。まずはあいつをぶちのめすことに集中せねば。

「こんなにすぐ再戦の機会が巡ってくるとは思いませんでした……いざ！」

悲願である強敵撃破に燃えているヒメリが、流れるような体さばきでカエルゾンビ（例によって本名はクソ長いだろうから臨時の呼称）に斬りかかる。

その鮮やかな手並みからして、剣の腕前が俺より遥《はる》か上なのは間違いない。

しかし武器に用いられた金属が大したものじゃないからか、ヒメリの剣は元々ぐちゃぐちゃだった腹をかき乱しただけだった。

断ててはいない。

「いやいや、っていうかあんなのどうやって斬りゃいいんだ？」

柔らかさの方向性がスライムとは違う。あっちは水まんじゅうみたいなものだが、このカエルは肉が最初から崩れているという反則を犯している。

カエルゾンビは長い舌を伸ばして反撃に出る。ぶつぶつが大量に浮いた気色の悪い舌だ。

「くっ！」

腕に巻きついてきたそれをヒメリが切断。血が噴き出し、鼻の曲がりそうな悪臭《あくしゅう》が立ちこめるが、舌は斬られた根本からあっという間に再生する。

ミミがヒメリをすぐさま回復し、戦線を保つ。

俺もぼーっと眺めているだけじゃいられないので、おそるおそるながらもヒメリに加勢。

とはいえ腹を裂こうとしたところでロクな手応《てごた》えはないし、舌を狙《ねら》って敵の攻め手を奪おうにも一瞬で元通りに戻る。

「はあ？　無理なんだが」

無尽蔵《むじんぞう》の耐久力。きつい冗談だな。

初期からの相棒であるカットラスの切れ味がこんなにも物足りなく感じたのは初めてだ。

「おい！　こいつ防御面やばくねぇか？」

「その通りです。私たちのパーティーも決め手が見つからずじまいでした」

「それでバラバラになったのか。じゃあお前、怪我して、一人きりになって、それでもまだ挑み続けたっていうのか？」

ヒメリは唇をぎゅっと結んだまま答えない。

しかし強情な眼差《まなざ》しが肯定の意をこれ以上なく、はっきりと告げている。

「無茶しやがんなぁ」

「……そうしなければ、次のランクに辿《たど》りつけませんから」

「そんな気負うなよ。もっと気楽に冒険者やってこうぜ」

「私はあなたとは違います！」

確かに別物だ。ヒメリが努力の末に得たであろう武技の差を、俺は装備品の出来で埋めている。

「だからって焦っても損するだけだぜ。よく考えてみな？　お前だってそのうち上質な武器を手に入れられるようになるだろう。そうなりゃ俺の優位点なんて消し飛ぶわけだ」

「私には足踏みしてる暇《ひま》なんてないんです。そんな不確定な未来をアテにしたって」

「だから『そのうち』って言ってるじゃねぇか」

会話の最中にも戦闘は続いている。

「『そのうち』は生きてりゃいつかやってくるもんだぜ。こっちから急ぐのも、あっちから来てくれるのも、大して変わらないっての」

「……そうなのかも、しれませんが……」

ヒメリは珍しく、肩の荷を下ろしたような気取らない表情を見せた。

なんだ、かわいげのある顔もできるんじゃないか。

というか、さっきからちょっと思ってたけど、こいつ反応面白いな。

「ま、その頃には俺自身も鍛えられてるだろうし、もっといい武器に持ち替えてるけどな」

「っ……そういう……余計な一言が……大嫌いです！」

急にカッとなったヒメリ。頬が上気している。

「少しでも流されそうになった数秒前の自分を殺してやりたい気分です」

「そうトゲトゲすんなよ……とにかく俺がお前に言えるのは、お互い今できる範囲でやってこうぜ、ってことだ」

……。

そのためには、まず目先の怪物から片付けないとな。

格好つけてみたはいいものの、やっべ、気の利《き》いたやり方がひらめいてこないわ。

「どうすりゃいいんだろ」

頭をかく。全然糸口がつかめない。

が、打開策は意外なところから飛んできた。

「ヒール！」

後方にいるミミが、俺たちにではなく、あろうことか敵に向けて回復魔法を放った。

けれどそれは決して血迷ったとかではない。ちゃんとミミなりに思うところがあっての行動である。治癒《ちゆ》の魔術を浴びたカエルゾンビの腹部が、肉体再生効果によって修復されていくではないか！

ミミはなおも同じ魔法を連発。

ただれた肉塊《にくかい》に過ぎなかった腹が、みるみるうちに張りのあるカエルらしいものになる。

「ミミ、お前は本当に最高の女だ」

俺と、ついでにヒメリにはない柔軟な発想力ってやつを持っている。

やっぱ魔法の才能って、単純に頭のよしあしなのか？

「そんなのは今はどうだっていい」

ただのカエルに成り下がったのであれば臆することはない。

ダッシュの慣性をつけた俺は、胴体めがけて勢いよくカットラスの先端を突き刺す。

腹が血の詰まった袋であるかのように盛大に弾《はじ》ける。

かろうじて形状を維持している魔物は、無理やり言語化するとしたら「ゲギョギョオ！」といった感じのみっともない苦悶《くもん》の声を上げた。

「よし、次の一撃で――」


ストップ。


「あー……そういや」

集中しすぎて忘れるところだった。

今ここで俺が完全にカエルの息の根を止めれば、そりゃもう硬貨がジャブジャブと確変状態に突入するだろう。

その光景を見てヒメリがどう思うか。

あんだけかっこつけといてマネーイズパワーの現実が白日《はくじつ》の下《もと》に晒《さら》されたらどうなるか。

ていうか当初から懸念《けねん》しているとおり、ギルドの面々に俺の特異性が広まりかねないし。

こ、これは……。

窮地《きゅうち》を切り抜けたようで、実は異世界生活始まって以来のピンチなのでは……。

「……おい」

「何をしているんですか。弱っているうちにトドメを！」

「それなんだが……ヒメリ、お前がやってくれ」

「ええ!?」

「お前、討伐報酬の出る魔物を倒すのが目標だったんだろ？　こいつの落とす素材を持ち帰っておっさんに渡すといい」

俺の思いついた浅知恵は、戦闘から離脱するというものだった。

金も惜しい、名誉も惜しいが……しかし……！

背に腹は代えられない……！

「いやー、なんて言うのかな、これは俺の厚意みたいなものだと思ってくれ。別に俺は懸賞金《けんしょうきん》目当てにここに来たわけでもないしさ、うん」

ここは一時の損を一生の得のために差し出そう。

「……私は……」

ヒメリは唇を噛む。

そして、刃《やいば》を納めた。

「……私はあなたに手柄《てがら》を譲ってもらって喜ぶほど、恥知らずではありません！」

強い信念がうかがえる、ハキハキした口調でそう言った。

「その魔物を倒したのはシュウトさんたちです。私は一度敗れ、二度目も同じ過《あやま》ちを繰り返しかけただけでした。シュウトさんの言ったとおり、私は拙速《せつそく》に陥《おちい》っていたに違いありません。今回は負けを認めましょう……ですが！」

踵《きびす》を返しながらヒメリは宣告する。

「次こそは！　あなたを超える功績を挙げてみせます！」

俺に背を向けたヒメリは一人で湖畔を去っていった。

細身の剣士の姿が夜の闇の中に紛《まぎ》れていく。一度たりとも振り返らずに。

残された俺はしばし呆然としていたが、カエルの成れの果てがもぞもぞと動き出しているのを見て我に返る。

「あぶね、息を吹き返す前にしとめとかないと」

ザックリやる。

予想していたとおり、煙が払われた跡には尋常《じんじょう》でない量の金貨が積もっていた。

「す、凄い……」

驚嘆《きょうたん》のあまり口元を覆《おお》うミミ。

俺はオマケのように落ちていた新鮮なカエルの肝《きも》を空き瓶に詰めながら、ようやく一息つく。

前回といい、レア敵との戦いは疲労度が段違いだ。

「この金を得られたのって、ぶっちゃけ俺よりミミの力だけどな。あの機転には舌を巻いたよ」

「いえ、結果的にそうなっただけに過ぎません。見たところ先程の魔物はアンデッドなので、もしかしたら回復魔法が効くのではないかと」

「結果オーライでも倒せたんだから、それでいいんだよ。ありがとな」

とまあ、俺たちのほうはこんなぬるい感じでいいんだが。

「あいつ、一人で帰っちゃったな」

「怪我は完治しているかと思いますけど、付き添いなしで大丈夫なのでしょうか」

「まあ心配は無用じゃないかな。あの腕なら並の魔物は余裕だろうし。それにじっとしてた分、体力余ってんだろ……俺は行きの道も今日の話だからヘトヘトだよ」

「ミミもです」

夜空にはとっくの昔に星がバラ撒《ま》かれている。

「……泊まってくか、テントに」

「そう、ですね」

今から歩いて帰る気にはとてもなれなかった。


魔物が出現しないポイントまで移動し、そこにテントを設営する。

晩飯は質素にパンと燻製肉《くんせいにく》だけ。

勉強熱心なミミはテントの中でもランプの灯《ひ》を頼りに『初級呪術のグリモワール』という魔術書を読んでいたが、スタミナ切れを起こしていた俺はさっさと寝てしまった。

明朝、せっかくなので湖畔の探索を続行する。

レアな植物があるとのことだが、とりわけ特徴的なものは見当たらず、平凡な薬草しかない。

三時間ほど探し回っても、これといって目立った成果はなし。

「……スカだな」

俺はそう決断を下し、ミミと帰途についた。


二十キロ超の道のりを徒歩で進むという馬鹿げた行軍を経《へ》て、俺たちは町に辿り着いた。

とっくに夕暮れ時だ。一泊二日のキャンプだったな、完全に。

先にミミを自宅に戻らせる。

奴隷を一人にするのは逃亡のおそれがあるから避けるべき、なんてささやかれがちだが、俺は特に案じてはいなかった。

その後の生活が保証されてるわけでもないし、何よりミミがもし本気でそう考えているのであれば、俺が寝息を立てている間に首をかっ切っているだろう。

「シュウト、今回はよくやってくれたな！」

斡旋所に入るなり、おっさんが手を叩《たた》きながら俺を歓迎した。

「ヒメリは見かけたか？」

真っ先に尋《たず》ねる。

「あいつ、勝手に帰りやがったもんだから顛末《てんまつ》がよく分かってねぇんだよな」

「営業終了間際《まぎわ》に顔を見せに来たぜ。『迷惑をおかけしました』って頭下げたらすぐ帰ってしまったけどな」

「俺になにかしら伝言はあるか？」

「ハッハッハ、あの意地っ張りな性格でそういうのを残すと思うか？」

「……ないな」

「代わりに俺が感謝を伝えとくよ。本当に助かった。ギルドメンバーを失う辛さは何十年経っても慣れないからな」

ま、その件についてはこんなとこでいい。

「他の依頼も全部こなしてきたぞ。やること多すぎてくたびれちまったよ」

湖畔で採取してきたものをドカドカと提示する。カエルの肝も一緒に。

「おっ、こいつはゲゲナ・ギギエラの肝じゃないか」

なんとなく分かってたけど、また覚えにくい名前だな。

俺のシンプルイズベストなネーミングセンスを見習ってもらいたいものだ。

「これがまた高価な薬の材料になるんだよなぁ……ってことは、おいおいまさか、賞金首の討伐も達成してきたのか？」

「ま、そうなるわな」

「ううむ」

肝の入った瓶を手の中で転がしながら唸《うな》るおっさん。

「湖畔でのクエストも問題なし、強敵撃破も達成している、加えてギルドへの貢献《こうけん》……実力、実績共に申し分ないな。シュウト」

「なんだよ」

「お前のランクをDに上げておくよ」

……お？

「マジでか？」

「本来、三カ月はかかるとこなんだけどな。だが能力があるならこっちとしても優先的に仕事を手配してやりたいし、お前も一段上の肩書きは欲しいところだろう」

確かに、俺が今もっとも欲しているのは地位だ。

それが与えられることに不満なんてあるわけがない。

しかしまあ、もうDランクか。二週間くらいしか活動してなくてこれは順調すぎるな。

「ってことは、これでやっと他の町にも行けるようになるんだな」

「なに先走ってんだ、通行証を発行してやれるのはCランクからだぞ」

おっさんは「寝ぼけたことぬかすな」みたいな目で俺を見る。

「は？　……おい、じゃあDランクの利点ってなんだよ」

「さっき説明してやっただろ。回せる依頼が増えるってことだ」

「そんだけ？」

「そんだけ」

おっさんはガハハと笑う。

くっ……結局まだまだ下《した》っ端《ぱ》ってことかよ。

「これでも実力だけならC相当と評価してやってるんだぜ。比較的弱めとはいえ、要注意の魔物を二種類も倒してるんだからな」

「だったら飛び級させてくれよ。俺は実質上とかそういうのはいらんぞ」

「それは周りを納得させるだけの実績を積んでからだな」

コツコツ真面目《まじめ》になんてのはめんどくさいが、仕方ないか。

今回の遠征で新たな課題もいくつか見つかったことだしな。女神から授かったスキルがあるとはいえ着実にやっていくしかない。

「よっしゃ、だったらまずはこの名もなき町で」

「町名はフィーだ」

「……このフィーの町で俺の名前を上げてやるよ」

懸賞金の二万Gを含めた報酬を受け取り、俺は斡旋所を後にした。

多額の撃破報奨と足すと七〇万弱の稼ぎにはなったが、半日移動に費やしていることを考慮すると割に合っているとは言えない。

湖畔に行くならレア素材を持ち帰ってこそって感じだな。

夕陽に照らされながら帰宅。

「おかえりなさいませ」

ミミが深々と一礼して出迎える。

懐かしい自宅の匂《にお》いを嗅《か》いだ途端、疲れが一気に倍増したように感じた。

ああ俺、この二日間ずっと冒険やってたんだな……。

そう思うと体が脱力感に押し流されて、ぐでんとベッドに横たわる。

寝転んだ姿勢のまま俺は思考する。やるべきことが多すぎるな。

第一の目標は引っ越しなのだが、かまど付きの住居の購入にいくら必要なのか見当もつかない。それに家を建てるのがここでいいかどうかも保留状態だ。どうせならいろいろと巡った上で住む土地を決めたいじゃないか。この町に貸家があればベストなのだが。

となれば資金の面でも足の面でも、まずは俺のランクを上げるのが先決だろう。

「……それにしたってなぁ」

腰から外し、今はテーブルの上に置かれてあるカットラスに視線を送る。

あのゲゲ……ゲゲギギ……カエルの魔物にはちっとも通用しなかった。

ミミのおかげでなんとかなりはしたが、今後冒険者稼業《かぎょう》を続けていくなら、ああいった一筋縄ではいかない敵と遭遇する場面も増えてくるはず。早いうちに戦力を増強しておかなければならない。

けれど俺自身が強くなるには、はっきりいってめちゃくちゃな時間がかかる。そもそもにしてイチから修行を積むような根性もない。

そろそろ買い替え時なのかもしれないな。

しかしまあ、こっち来てから働きすぎだな、俺。

生き甲斐を感じられている分、死んだ目でライン工やってた頃よりは遥《はる》かにマシだが。

「考えごとですか？」

ベッドに腰かけたミミが俺の顔を覗《のぞ》きこむ。

白い前髪がふわりと揺れている。

「旅から帰ったばかりです。あまり根は詰めなさらずに」

柔らかな声音でささやきながら、俺の熱っぽい額《ひたい》に手を置いた。

……そうだな、ひとまず一切合財《いっさいがっさい》を放棄して休むか。ただでさえ頭の回転が速いほうじゃないのに、疲れた脳で考えたところで妙案が浮かんでくるはずもないし。

俺は寝そべったままミミを抱き寄せ、その可憐《かれん》な唇を奪った。

明日はゆっくりするとしよう。

ヒメリの剣（ロングソード）

『悲願である強敵撃破に燃えているヒメリが、
流れるような体さばきでカエルゾンビに斬りかかる。
その鮮やかな手並みからして、剣の腕前が
俺より遥か上なのは間違いない。』

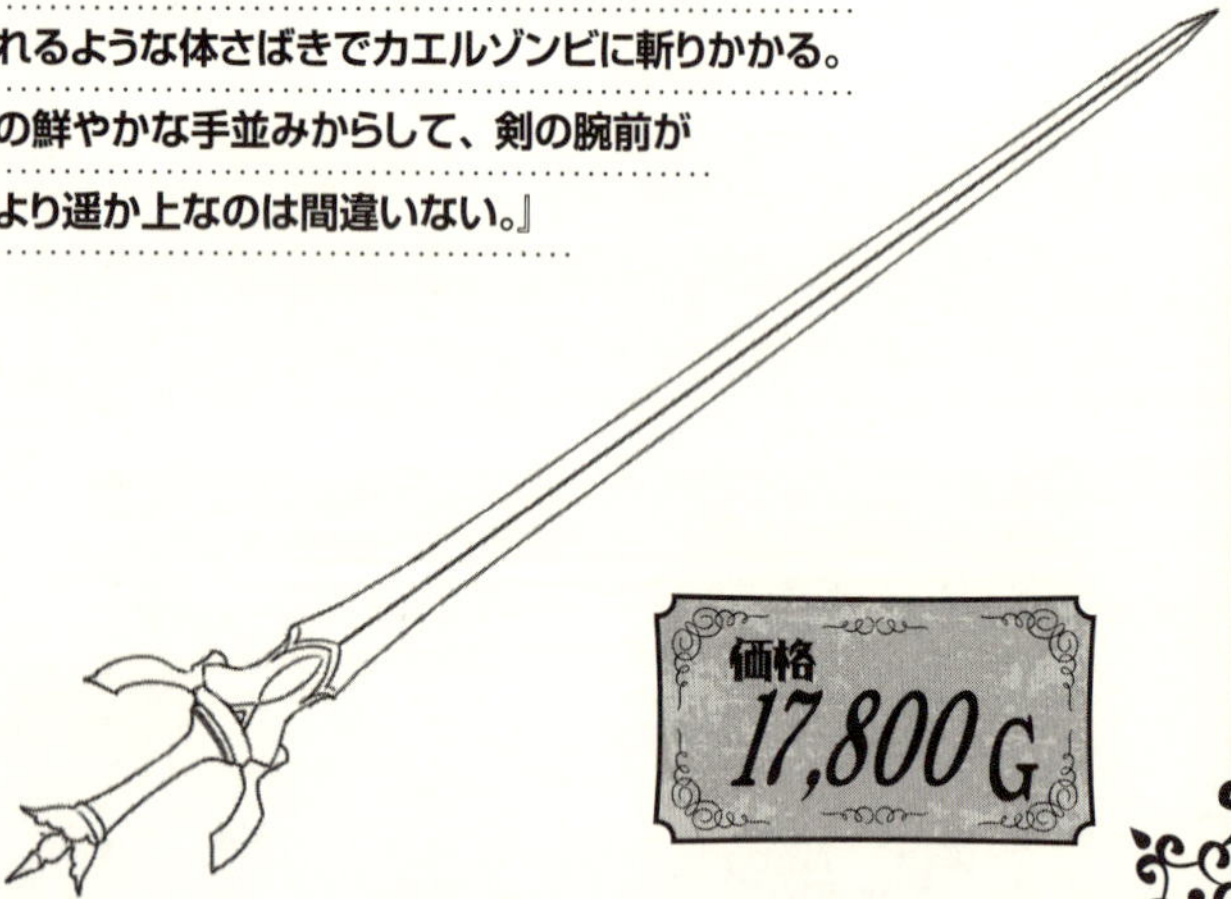

価格
17,800G

上質の鉄を鍛えて製造された、
一人前の剣士を志す者にとってのスタンダードな一本。
刀身は長尺かつほどよい重量があり、
両手で持つことでその性能を最大限に発揮することができる。
切れ味、振り心地ともに十分だが、
レアメタル製の武器に比べるとやはり劣るか。
なお、ヒメリはこの剣を買うために一カ月間パンのおかわりを我慢した。

Episode.6

俺、探検する

一日、と前置きしていたのに、結局次の日もミミとダラダラ過ごしてしまった。

しかしその甲斐あって磨り減っていた気力体力ともに万全になり、今後の指針も定まった。

やはり休息は必要ということだ。現代日本も週休三日制の導入を論議すべきだな。

俺はミミを部屋に残し、手始めに鍛冶屋《かじや》へと向かっていた。

手ぶらで、である。

「冷やかしか？」

当然、頑固そうな鍛冶工のおっさんに睨《にら》まれる。

すげぇ嫌そうだ。

「今日はそうだけど、まあまあ、そんなカリカリしないでくれよ。次に顔見せた時はちゃんと仕事を頼みに来るからさ」

「まったく信用できんな。フン、まあいい。用件はなんだ？」

おっさんがいぶかしげな目つきで俺に問う。

「上等な金属について教えてほしいんだよ」

「上等な金属？　レアメタルのことか？」

「そう、それ」

顎《あご》ヒゲを撫《な》でながら、過去の出来事を引っ張り出してきて語るおっさん。

「俺も何度か鍛えたことがあるが、どいつもこいつも凄《すさ》まじいクセモノ揃《ぞろ》いでな」

「いやそういう職人っぽい話が聞きたいんじゃない」

俺はワビサビは重視しない人間なんでね。

「どういうレアメタルがあるかってのと、どこに行けば採《と》れるのかってことだ」

「種類だったら多すぎて俺も全部は把握できていないぞ。ただ、どこでよく採れるかは知っている。デルガガ鉱山だ」

なるほどなるほど？　俺は頷《うなず》きながら聞く。

「ここからずう……っと東に行けばデルガガという地方に辿《たど》り着く。その最奥《さいおう》にそびえる鉱山は多様かつ良質なレアメタルの産地だ」

「そりゃ耳寄りな情報だ」

「まさかと思うが、お前がそこに行くとか言いだすんじゃあるまいな？　忠告しておいてやるが、Bランク以上の冒険者が出入りするような過酷な場所だぞ」

「行くわけないじゃん。大体俺Dランクだから通行許可下りねぇし」

だったら最初から聞くな、とおっさんは至極《しごく》もっともな意見をぼやいた。

「というか、お前はたったDランクぽっちだったのか。その腕で寝言をほざくのはやめときな。レアメタルというのは難所を攻略し、強くなった証《あかし》として手に入れるもんだぞ」

「俺にとっちゃ強くなるための道具なんだよ」

「順番があべこべだ」

おっさんは呆《あき》れた口調をするが、俺にはどうしてもそれが欲しい理由がある。

今更明かすまでもなく、俺は次なる武器の獲得を企《くわだ》てている。

多少の防御の穴はミミお得意の回復魔法である程度リカバーできても、攻撃に関してはそうはいかない。

武器を新調するしかないだろう。

「特注の武器が欲しいならおとなしく鉄を持ってこい。剣でも斧《おの》でも鎚《つち》でも、店で売っているどれよりもいいものを作ってやるぞ」

「それじゃ意味ないんだよなー。いや、おっさんの腕を舐《な》めてるってわけじゃないけどさ。まあ今日のところはこの辺で去るよ」

俺の未熟な腕前を補ってもらわないと困るから、当然魔力を帯びた希少な素材で作られてあるのは必須《ひっす》条件。

交易船が目当ての品を運んできてくれるような幸運はそう何回も続かないだろうし、今度は一から作ってもらおうと考えたってわけだ。

だがおっさんの話だと最低Bランクはないとダメらしい。

ランクを上げるために必要なのに、ランクを上げなければ入手の機会が訪れない。

俺にあるのは金だけ。

謎は解けたな。

つまり、俺自身が依頼人となることだ。

「邪魔するぜ」

俺はその足で斡旋所《あっせんじょ》に赴《おもむ》いた。

いつものようにいつものおっさんが受付に立っている。

ただ斡旋所の中にいた他の冒険者の様子がこれまでとは違った。

今までは高級ベストへの羨望《せんぼう》の眼差《まなざ》しくらいしか向けられたことがないが、先日全員共通の同僚であるヒメリを助け出してきたからか、俺に対して一目《いちもく》置いた視線を送ってきている。

「おおシュウトか。今日はどうした？」

「なあ、最初の頃にレアメタルの採掘依頼の話をしてくれたよな？」

「した記憶があるな。確かにありゃあ金になる依頼だが、今は出てないぞ。仮に出ていたとしてもこの近辺で採れはしないから、これぱっかりはお前にも任《まか》せられない」

おっさんは難色を示す。が、別に俺は仕事をもらいに来たわけではない。

「そうじゃなくてだなー、俺がレアメタルを持ってきてくれって依頼を出したいんだよ」

「お前が？」

「おう。デルガガ鉱山のやつだ。どんくらい報酬を用意すりゃいいんだ？」

「まあ待て。勝手に話を進めるな」

おっさんはカップに注いでいた紅茶を飲み干してから続ける。

「もちろんお前が依頼を出すこともできる。誰でも募集はかけられるからな。この町には各地を転戦中のトップランカーも滞在してるから、そいつらを対象にすれば大丈夫だろう。もし荷馬車を引いて素材収集の旅にふけってる奴がいれば、もう既《すで》に所持しているかもしれんしな」

ほほう。ってことは即日納品もありえるわけか。

「しかしなぁ、シュウト。さっき伝えたようにこれは金になる依頼なんだぞ？　ってことはすなわち、多額の報酬を依頼人は設定しなければならない。危険相応の儲《もう》けがなかったら誰も受けないからな。お前だって貴重な代物《しろもの》を安く買い叩《たた》かれたらブチキレるだろう」

「そんくらい覚悟してるっての。相場はいくらだ？　色はつけるぞ」

「軽く言うがなぁ……通常市場に並ぶものじゃないからおおよそだが、武器や盾《たて》を製造する分なら一五万Gは最低でもいるな。全身の鎧《よろい》ならその三倍だ」

ふむ、確かに莫大《ばくだい》ではある。

まあそれは平均的な金銭事情ならの話だが。

「分かった。じゃあ俺は二〇万出そう。剣を一本作れるだけの量を持ってきてもらうとするか」

「に、二〇万!?」

おっさんは俺がカバンから取り出した布袋のふくらみ具合にティーカップを取り落としそうになる。

無論、中身はすべて金貨だ。湖畔《こはん》で得た収入のうち二〇万ちょいを携帯していたのだが、手数料込みでちょうどいいくらいの金額だったな。

全部を預ける。

「お前、いつどこでそれだけ稼《かせ》いだんだ？」

「なんとか捻出《ねんしゅつ》した全財産だ。俺はそれだけマジってことだよ」

真っ赤な嘘をついて乗り切った。

「急募、デルガガ鉱山産レアメタル……謝礼金二〇万Ｇ也《なり》。署名はこれでよし、と」

ともあれ、依頼の掲示は済んだ。

あとは待つだけだ。どのレアメタルが納品されるかは当日になってみないと判明しないが、それもまた楽しみにしておこう。

手持ちも尽きたのでまっすぐ帰宅。

自宅の戸をくぐった俺に気づくなりミミは読書をやめて立ち上がり、出迎えてくれる。

「おかえりなさいませ、シュウト様。武器の件はいかがでしたか」

「んー、明確な日取りはまだ決まってないけど、一応は目星がついたかな」

「それはよかったです」

目を細めてぱあっと微笑むミミ。

ミミは表情といい雰囲気といい、ぼんやりしているから一見アホの子っぽく見えるのだが、実際はこの上なく聡明《そうめい》な女だ。

賢く、美しく、気立てもよく、その上……。

「今日もなさりますか」

奔放《ほんぽう》だ。

「や、やめとく」

俺は苦笑いを返す。

気持ちも嬉しいし気持ちもよろしいが、そろそろ腰を傷《いた》めそうだからな。

「久々に魔物退治に出てくるわ。健康的にな」

町を離れる俺。

金はいくらあっても足りない。俺はなまった体を慣らす目的も兼ねて、夜になるまでひたすらオークを狩り続けた。

いい加減飽きてきてはいる。ここを上回る稼ぎスポットにとっとと移りたいよ。


依頼が叶《かな》えられるのはかなり先になると踏んでいたが、どうやらそうではなかったらしい。

「お前は本当に運に恵まれてるよ。ちょうどデルガガ帰りの冒険者がいてな」

金稼ぎに励むかたわら何気なく斡旋所に顔を出してみると、望外にも注文していたブツの納品はとっくに済まされていた。

何個かあるうちのひとつを譲ってもらえたという。

採掘依頼を張り出してから四日目の朝のことだ。

「ほれ」

おっさんがカウンターの上にレアメタルの鉱石を置く。

サイズは十分。ただ。

「……これ、本当にレア物なのか？」

くすんだ黄土《おうど》色をしたそれは、希少品であるという自覚がまったくなさそうな、なんとも威厳に乏《とぼ》しい外観をしていた。こう言っちゃなんだが、泥の塊《かたまり》っぽい。

「見た目小汚いんだけど」

「鑑定書をつけさせたから間違いないぞ。目を通しておきな」

おっさんが俺にペラ紙を一枚押しつける。

鑑定結果がやたら長々しくつづられており、正直流し読みするのもめんどくさいくらいなのだが、偽物《にせもの》にしては手が込みすぎてるから多分本物なんだろう。

文面の最後には、『土竜鉱《どりゅうこう》』とある。

「竜か。なかなかいいじゃねぇか」

第一印象ではそう思ったが、ん？　待てよ。

「おい、土竜ってモグラだろ。全然かっこよくないんだが」

「そう外見や名前につっかかるなよ。これはかなり凄《すご》い代物だぜ。土竜鉱はちと重いが、極めて丈夫で温度変化に強いレアメタルだ。宿っている魔力は地属性。防具に適している素材だが、武器に使っても面白いだろうな」

「重いのかよ……」

贅沢《ぜいたく》になるが、できれば違うものがよかったな。

「シュウトみたいなモヤシにはこのくらいのほうがいいだろ。振ってるだけで筋トレになるからな。どんどん鍛えて立派な冒険者になれることを祈ってるぜ」

おっさんは腕を組んで愉快そうに笑っている。目をかけてくれてるのは分かるが、ありがた迷惑もいいとこだ。

とはいえ最上級の品質であることは確からしい。使いこなせれば凄い戦力になるだろう。

「よし、次はこいつの加工だな」

ズシリとくる鉱石を抱えながら俺は浮かれ気分で鍛冶屋を訪ねたのだが。

「すぐには無理だぞ。冶金《やきん》して鉄を混ぜて鋼《はがね》にして、そこからようやく鍛冶の工程に入れるんだからな。明日の夕方取りに来い」

「そんなかかるのかよ！」

「当たり前だ。これでも魔力炉の助けを借りてるから短縮されてるほうだぞ」

少なくとも今日持ち帰ったりはできなさそうだ。

「それにしても、どういうルートでこんな上物を手に入れたんだ？」

「俺にもいろいろあるのさ。くだらない詮索《せんさく》をしてる暇《ひま》があったらすぐにでも作業を始めてくれ」

「調子づきおって。まあ、きっかり金が支払われるんなら喜んでやるがね。それより武器の種類は決めてあるか？　様式は？」

「剣だ」

金属製の武器なんて他に握ったこともない。

「慣れてるものが一番だ。剣を作ってくれ。どういうデザインかはおまかせで」

「剣か……剣と一口に言っても……おい、戦闘中に盾は装備しているか？」

「いや、使ってないな。使う気も起きない」

かさばるし、使い方もよく分からんし。

「なのに片手剣か。もったいない真似をしやがる」

おっさんは俺の腰にあるカットラスを一瞥《いちべつ》する。

「武器に望む要素はなんだ？」

「そりゃ、威力だな。今の武器の切れ味に物足りなくなったからここに来てるんだし。あと軽いこと。どっちかっていうとこっちのほうが重要だな」

俺の挙げた注文を逐一《ちくいち》メモに取っている。

無骨なナリをしてるくせに、仕事に対しては真摯《しんし》だな、このおっさん。これが職人気質ってやつか。

「……よし、分かった。お前にはツヴァイハンダーを作ってやる」

「ツヴァイハンダー？」

な、なんてオシャレな響き。

「両手剣だ。柄《つか》を含めるとお前の背丈《せたけ》よりも長くなる、特大の剣だな」

「ちょい待て。軽いのがいいって俺言ったよな？　そんなでかい武器扱えないんだが」

ただでさえ重量のあるレアメタルだってのに。

危ない危ない、語感のカッコよさに騙《だま》されるところだった。とんだ地雷じゃん。

「ツヴァイヘンダーは見かけの印象ほど重くはない。リーチに優れているし、両腕の力が伝わるから威力も折り紙つきだぞ」

「だからってでかすぎるわ。『見かけよりは』ってだけで絶対重いだろ。それに俺は取り回しの悪い武器を使いこなせるほど器用じゃないぜ」

「仕方のない奴だな。なら削《けず》れるところは極限まで削って軽量化してやるよ」

「長さも頼む。俺の身長以上ってのはやりすぎ」

「要求が多いな……刀身の規格も変更しておこう」

こういったやりとりを経《へ》て、新しい剣の方向性は決まった。

「忘れるなよ、明日の夕方だ。手間賃持って受け取りに来い」

早速作業に入ろうとするおっさんは、そう釘を刺してから俺を送り出した。

しかし、明日か。

今日一日が暇になってしまったな。

当初の予定どおり今からオークを狩りに行くのでもいいが、斡旋所で依頼が達成されたことを知った時点で思考がオフに切り替わっている。

外部まで出歩く気になれない。


というわけで俺は一旦自宅に戻り、魔術書の勉強中だったミミを気晴らしに連れ出した。


「どこに行くのですか？」

「町中をぶらぶらとな」

もっとも、まったくの無計画かと言われれば答えはノーだ。

「ミミ、二冊の魔術書は覚えられたか？」

「回復魔法の本はおおむね理解しましたけど、でも完璧ではありません。まだ身近に持っていないと実戦の時は不安です」

「うーん、やっぱりか」

「申し訳ありません」

「いや、いいんだ。まだまだ始めたばかりだしな」

むしろ快調すぎる成長スピードじゃなかろうか？

だが魔術書では魔力は強化されないとのことなので、現状のミミをこの先戦力として計算するのは少し厳しい。早く杖《つえ》を持てるようになってほしいのだがそうトントン拍子にはいかない。

となると、武器以外で底上げするしかないだろう。

ヒントは俺が肌身離さずつけている熊革のチョーカーにあった。

こいつは非常に地味だが、俺の筋力を補助してくれている。

装飾品にもそうした効果があるのは判明しているから、所持金に余裕もあることだし、ミミの分も買ってやろうと俺は考えた。

「アクセサリーだなんて……もったいないです」

案の定ミミは遠慮したが、今後戦闘でも活躍してもらうためだと説得した。俺からすれば主人としてプレゼントのひとつくらいは贈らせてくれ、って想いもある。

で。俺たちは装飾品店を訪れたわけだが。

「……めちゃくちゃ居づらい……」

というのも、バイトっぽい立ち位置の娘が入店以来ずっとこちらを凝視《ぎょうし》し続けているからだ。

ライトグリーンの髪をしたそいつはそこそこ顔立ちは整っているものの、ガラが悪いというか、ヤンキーみたいな雰囲気なので、ぶっちゃけびびってる。

なのに店の感じは女子ウケするファンシーな内装と品揃えなので、俺とは違ってミミは純粋に胸躍らせている。

「気に入ったものはあったか？　さっさと買って帰ろうぜ」

「ミミの好きなものはたくさんありました。ここは夢の中みたいなところですね。ですが、どれが魔法に影響があるものかは分かりません」

う、それもそうだな。

値段が高いものはなんとなくレアな品だと分かるが、秘められた効果までは予測できない。

店員に尋《たず》ねるしかないか……店員といえば……。

「……ミミ、聞いてみてくれ」

「分かりました。すみません、少しお話をうかがってもよろしいでしょうか」

ミミは無愛想なヤンキー娘を呼び寄せて品定めを始める。

俺は後ろのほうで空気になるよう徹した。

それでも会話は聞こえてくる。

「この辺にあるのは大体魔術師向けだよ。好きなモンを買ってけばいい」

「わあ、綺麗なネックレスがあります。つけてみて構わないでしょうか」

「ん」

店員の許可を得て、ミミは金細工が眩《まぶ》しいネックレスを装着する。

あまり美的センスのない俺でも唸《うな》るくらいの傑作だった。ミミが身につけているからそう見えているだけかもしれないが、豪華さとかわいらしさを兼ね備えている。

中央に据《す》えられた紫の小石がおそらくレア素材だな。

「シュウト様、どうでしょうか？」

「似合ってるぞ。そいつを買って帰ろう。うん」

そそくさと店を出ようとする俺だったが、財布を握っているのが自分であることに気づく。

さすがに支払いを奴隷にやらせるわけにもいかない。ってことは。

「勘定《かんじょう》。八万と五〇〇〇Gね」

「お、おう……」

妙に緊張感のある支払い現場だった。

これならおっさん相手のほうがよかったな。すまんおっさんたち、いい加減他の人間が接客してくれとか失礼なこと考えちゃって。

「とてもとても素晴らしいアクセサリーばかりです。王都で仕入れたものなのでしょうか」

「ほとんどアタシが作った」

「えっ？」

聞いてもいない俺のほうが思わず声を漏《も》らしてしまった。

まずい、めっちゃ睨んできてるし。

「何がおかしいんだよ。アタシはこの店に正式に雇われてる彫金細工師だ」

「あ、そうなのか……」

バイトじゃねーんだな。

俺はてっきり町のゴロツキが更生目的にお務めさせられているんだとばかり。

「だったらあんなにジロジロ見ないでくれよ。ちゃんとした職人なのに怖《こえ》ぇよ」

「そ、それは」

なにか後ろめたい感情でもあるのかヤンキー娘は若干《じゃっかん》たじろぐような仕草をしてから、

「こ、こんな店に男が来るの、珍しいなって」

とぶっきらぼうな口ぶりのまま、伏し目がちに頬を赤らめた。

こ、こいつ。

実はかわいい奴なのかもしれない……。

とはいえ長居は無用。俺とミミは店を出て帰路につく。とりあえず、あの店に行くのに気兼ねはいらないってことは学んだ。

おっさんたち、悪い、俺はまた女っ気になびくとするわ。

トンカチを叩く音が工房全体に響き渡る中。

「お、おお……」

俺は黒鉄のテーブルに置かれた芸術品を眺めて、感嘆《かんたん》の声を上げていた。

「加工には四苦八苦したぞ。なにせこいつが折れる曲がるたわむの嫌いな、レアメタル界きってのじゃじゃ馬だからな。鋼にする過程でさえ……」

脇で鍛冶工のおっさんがウンチクを語っているが、視覚からの情報が鮮烈すぎて耳に入ってこない。

約束の時刻にツヴァイハンダーを受け取りに来た俺だったが、そのあまりの出来栄《できば》えのよさに惚《ほ》れ惚《ぼ》れしてしまった。

パッとしない黄土色だった鉱石が、今ではオレンジがかった金色の輝きを放っている。

剣のこしらえ自体はシンプルなのに金属そのものの高級感が素晴らしい。

「土竜鉱は鉄と反応するとこんなふうに性質がガラリと変わる。最大限軽量化させたから、まったく装飾は施《ほどこ》せなかったがな。機能性重視の一品だと思って諦《あきら》めてくれ」

「こんな見事な剣に文句つけてたらバチが当たるぜ。だがな……」

俺は鑑賞中ずっと呑みこんでいた言葉をようやく吐き出す。

「でけーよ」

ギャグかってくらいでかい。

刀身は幅、厚み共にさほどではないが、長さがやはり目につく。

「俺の身長は超えるなって伝えたじゃん！」

「超えてはいないぞ。お前の身長と『ちょうど』になるように作った」

してやったりの表情をするおっさんは大剣を手に取ると、俺の隣に並べる。

まったく同じ長さだった。

「な？」

ぐっ、言葉のマジックを使いやがって……。

それにしても目測で俺の身長をぴたりと当てるとは、これが熟練の技師のなせる業《わざ》ってやつなのか。

「ま、使ってるうちに違和感は消えるだろ」

「だといいけどな……」

「二万Gだ。個人的にも面白い仕事だったから鉄の分はサービスしてやるよ」

金貨をおっさんの手の中に落とす。

この瞬間、俺に新たな相棒が生まれた。

馬鹿でかくて少し不安だが、今日から頼りにさせてもらおう。

「毎度あり。俺の作品を粗末に扱ったら承知せんぞ」

「それは分かってるけどさ、鞘《さや》はないのか？　抜き身で持ち歩くのは物騒すぎるぜ」

「そんなものはない。大体これだけの長さの剣をいちいち鞘から抜き差ししていたら手間でかなわんだろう。紐《ひも》をつけてやるから後ろに背負え」

言いながらおっさんはツヴァイハンダーを緩《ゆる》めに縛りつけ、俺の背中に固定した。

今までカバンは背負って持ち運びしていたが、これからは片腕に引っかけるしかないな。ていうか、重っ。

これ持って適当にうろうろしてるだけでトレーニングになりそうなんだが。

「一度素振りでもしてみるか？　そのつもりなら裏手にある製鉄所を使え」

そうさせてもらうことにした。

軽く試し斬りにと森に向かおうにも、今日はもう遅い。だからってこんな馬鹿でかい刃物を町中で振り回すわけにもいかないからな。

工房裏の製鉄現場へ。

そこは広場と呼んでいいほどの敷地面積があった。

大量の鉄鉱石が山のように積み上げられている。巨大な溶鉱炉もフル稼働だ。

「ここなら安全ではあるな」

背中の大剣を外す。

「お、重てぇ……」

持ってみると二、三キロくらいに感じる。今の俺はチョーカーで補強されてる状態だから実際はその倍はあるな。

重さだけなら大したことないかもしれないが、これをブン回すとなれば話は別。

「う、お、おおお！」

とりあえず試してはみる。

剣を振り回すというより、剣に振り回されているような感じだった。

重量と遠心力を利用して斬る、という動作を早めに体に馴染《なじ》ませないと「いざ本番」となった時に苦労するだろう。

「やべぇなこいつ、めっちゃ疲れるぞ……」

ただ威力が凄まじいことになってるのはなんとなく分かった。

感触がカットラスとは違いすぎる。

あとは隠された魔力のほどだが……。

「でりゃあ！」

気合を入れたはいいものの、カットラスのように刃から何かが出るような現象は起きない。

「……振り方が悪いのか？」

ひいひい言いながら横振り、縦振り、斜め振りと順番にやってみたが、反応なし。

俺の腕がダルくなっただけだ。

「ちょ、無理……」

何度目かの実験中、俺は疲れからか振り下ろしたツヴァイハンダーの勢いを止めることができなかった。

そのまま切っ先が地面に落ちる。

すると。

「おおっ!?」


触れた部分の土が隆起《りゅうき》し、細長い三角錐《さんかくすい》のような形になった。


「なんじゃこりゃ……トゲというか、槍《やり》というか……まさか」

俺は試しに剣の先端を三回、間隔を空けて地面にぶつけてみる。

さっきと同じものが三本突き上がった。あたかも地底から爪が伸ばされてきたかのように。

どうやら、これが新武器の追加効果らしい。

「やってくれそうな性能じゃないか」

うまく使えば防御にも役立ちそうだ。剣がスカった時のフォローにもなりそうだし。攻撃範囲は前より狭まっているが、それは剣自体のリーチで補うしかないな。

というか剣を振り回すより断然楽なので、しばらくはこっちをメインの攻撃にしとくか。

俺はツヴァイハンダーを背負い直し、帰路につく。

当たり前だがめちゃくちゃ目立った。すれ違う全員が俺のほうを見ている。

正面からでこれなんだから、背中は穴が開くほどジロジロ見られてるんだろうな。

少し早足で歩いた。

「帰ってきたぞ」

「おかえりなさいませ、シュウト様。お待ちしておりました」

ミミが勉強を中断して俺を出迎える。

テーブルの上にはもう既にパンを入れたカゴとチーズが並んでいた。

「わ、大きな武器ですね」

俺の背中にあるツヴァイハンダーを興味深そうに眺めるミミ。

「きっとシュウト様の冒険に貢献《こうけん》してくれるでしょう」

「そのために手に入れたもんだからな。ただ、クソ重いんだよな……こいつ」

思い返せばカットラスは……。

「おっと」

あぶね、未練がましいことを考えてしまった。

モノに愛着とかなかったほうだったんだけどな。

俺の手を離れたカットラスは、今朝から部屋の片隅にポツンと置かれている。

鞘に納まったままのそいつを拾い上げ、じっと見つめる。

出会いは偶然だったか、そういや。

そんなに長い付き合いではなかったが、毎日のように握っていたせいでグリップ部分は俺の手垢《てあか》で少々黒ずんでいた。

今まで世話になったな。俺は胸の中でガラにもないことを呟《つぶや》き、戦友を壁に飾った。


さようなら昨日までの俺、こんにちは今日からの自分。

新しい武器を手に入れた俺は朝を迎えるや否《いな》や、意気揚々と斡旋所に乗りこんだ。

大物のこいつにふさわしい仕事を探すとするか。

「……あれ？」

いつもだったら「ようこそギルドへ」なんて気取った挨拶《あいさつ》をされるのだが、おっさんは受付の前に立っている男となにやら話しこんでいる。

ボサボサの灰色髪に三白眼《さんぱくがん》が印象的なその男は、俺以上の痩《や》せ細り方といい薄汚れた格好といい正直浮浪者にしか見えなかった。が、おっさんとは妙に親密そうである。

「おお、シュウトか」

ようやく俺に気づいたらしい。

「こりゃまた派手な武器を注文したもんだな……いやすまない、懐かしい顔が見えたもんだから昔話に花が咲いてさ。なあ、ジキ？」

ジキと呼ばれた男は口元だけで笑って、

「大して懐かしくもないだろう。半年前に一度戻ってきたばかりだ」

「そうだったか？　随分《ずいぶん》間が空いたように思ったがなぁ」

置いてけぼりの俺。知ってる奴が知らない奴と喋《しゃべ》ってると、なんでこんなに居心地が悪いんだろうか。

「シュウト、紹介しておくよ。こいつはジキ。大陸全土を飛び回ってるギルドメンバーだ。この町に定住しなくなってもう二年くらいか……とにかく、そういう自由な奴なんだよ」

おっさんの紹介を受けたジキは腕を組んだまま俺に目線をよこす。

野良犬じみた雰囲気の男だ。

「よろしくな」

「お、おう。よろしく」

顔をよく見ると俺と同世代であろうことが分かったが、タダモノならぬオーラがある。なんだこの歴戦の猛者感《もさかん》は。ボロボロなだけともいうが。

「ん？　各地を飛び回ってるってことは……」

「ああ。ジキはCランクの冒険者だ」

なるほど。だとしたらこの強者臭《つわものしゅう》も納得だな。

「期待させて悪いが、オレは強くもなんともない。現にオレがここを訪ねたのは同行者を雇うためだ。今集まっている奴で一番戦える奴は誰だ、ってな」

えっ、弱いのか。

言われてみれば俺より更に軽装だし、武器らしい武器も持っていない。

じゃあなんでCにまでなってんだ。

「ジキはうちに登録されている冒険者の中でも指折りの変わり者でな、調査と採取、あとは捜索依頼だけでここまで地位を固めたんだよ。ほとんど一人でだ」

つまりは、本当の意味での『冒険』をし続けている男のようだ。

「ヒトとモノを探すのに凶器はいらない。オレの身ひとつで十分だからな」

「そりゃそうなのかもしれないが、要注意の魔物と出くわした時はどうやって切り抜けてきたんだ？」

「事前に出現条件を下調べしておけば回避できるし、仮に遭遇しても罠《わな》にかければ逃げられるだけの猶予《ゆうよ》は確保できる。恐れるようなことじゃない」

無茶苦茶なことを口走っているようにしか聞こえないが、表情が冗談っぽくないのでどうやらマジらしい。

要するに、こいつはサバイバルの達人ということか。

「……それにしてもジキ、相方《あいかた》を雇うってことは、またあの密林に向かうのか？」

「そうだ。オレが故郷に戻る理由は他にない」

「まだ調べ足りないだなんて、よくやるよ、本当に」

「どう思ってくれようが構わない。これはオレのライフワークみたいなものだからな」

意味深《いみしん》な内容のやりとりが交わされているが、俺にとってはそれ以前に。

「おい、密林ってなんだよ？」

馴染みのない名称が出てきたのでおっさんに尋ねる。

「そういや、シュウトにはまだ話してなかったっけか。ここから南の方角に進んでいくと広大な密林地帯がある。湖畔《こはん》よりは近いが、必要なら野営の準備もしておいたほうがいいな」

おっさんは地図を広げて説明する。日帰りには微妙な距離だ。

「視界に難があるから注意しとけよ。その上、棲息《せいそく》する魔物はこの地方でもトップクラスに強い」

「へえ」

これまでの経験則に基《もと》づけば、強い魔物ほどより多くの硬貨を所持している。

となれば、俺が次に狩りに出向くべきポイントはそこだな。

「強いからこそ、オレは腕のいい奴の協力を求めている」

「腕がいい、ったってなぁ……最近の連中は通行証を出してやったそばから町を離れるから……おっ、そうだ！」

おっさんの、手をパチンと打つ音がやたらうるさく響く。

「ジキ、こいつを連れていけ」

「はあ？」

妙案とばかりにおっさんが指名したのは、よりにもよって俺だった。

「ほう」

よろしくないことにジキもニヤリと笑い、関心を覗《のぞ》かせている。

「シュウトはランクこそまだDだが、戦闘力はその器《うつわ》を超えている。きっと役に立つぞ」

「待て待て待て、俺の話を聞け！」

俺は手と首を同時に振って制する。

「前にも言ったけど、俺は単独でやってくつもりなんだよ。他のメンツと手と手を取り合って冒険だなんてまっぴらごめんだぜ」

そうしないとスキルの存在がバレるからな。

「俺は一人で戦いたいんだ」

この台詞《せりふ》を翻訳すると「俺は金貨を独り占めしたいんだ」になる。

「分かった、シュウト。ならこうしよう。お前が戦闘している間、オレは一切干渉《かんしょう》しない」

ジキが妥協《だきょう》案を出す。

「だから魔物のドロップアイテムの折半《せっぱん》もなしだ。総取りするといい。ただし、オレはその間好きに探索させてもらう」

いわく、戦闘風景に気を配りもしないから俺の勝手で構わないとのこと。

「報酬は一万Gと、発見できれば成果に応じてレア素材を譲る。つまりオレが活動しやすくなればなるほど、シュウトにもうまみがある。悪い話じゃないだろう？」

ぐっ、強力な交渉材料を持ってくるな……。

ジキの推察どおり、レア素材は俺が常々求めている代物だ。

まあ、一介の冒険者であれば俺に限った話でもないのだろうが。

素材目当てで探索するなら、その筋のプロフェッショナルであるジキに一任したほうが効率的なのは間違いない。さしずめ魔物担当俺、採取担当ジキ、といったところか。

「なあシュウト、これはチャンスだと考えたほうがいいぞ。用心棒の仕事もやっておいたほうが今後のためになるからな」

おっさんが後押ししてくる。確かに名声を稼ぐのにも適した依頼ではあるが……。

「……分かった、ついていってやるよ。どうせ密林には俺もそのうち行く予定だったしな。その代わり、邪魔はすんなよ」

俺はリターンの大きさに懸《か》けることにした。

せっかく得られるものが多いっていうのに見過ごすのは惜しい。

異世界の仕組みを分かっていなかった転生直後の俺なら、絶対取らなかったような選択肢だと自分でも思う。とにもかくにも金貨がザクザク落ちてくる現場さえ押さえられなければセーフのはず……即時回収を心がけねば。

「そうか、ありがたい！」

指を鳴らすジキ。

「だが密林にハイキング感覚で向かうわけにはいかない。一度戻って支度を整えてきてくれ。十二時にまたここで落ち合おう」

そう指示されて、一旦別れる。

支度といっても、探索道具とテントの用意はジキがすべてやってくれるとの話なので、俺自身はあまりすることがない。

となると問題になるのは、ミミを連れていくかどうか。

長旅では回復魔法を使えるミミはありがたい存在だろう。だがジキの要望では、可能な限り少ない人員で密林に向かいたいらしい。数が多いと隠密行動が取りづらいのだそうだ。

「名残惜しいが、ここは諦《あきら》めるしかないな」

てなわけで、今回はミミは留守番。

代わりといっちゃなんだが魔法屋で『初級促進のグリモワール』という魔術書を買っておいた。俺が出払っている間は学習に集中してもらうとしよう。

薬の手配をジキがやってくれるそうなので、治療はそれをアテにするか。

腹ごしらえだけを済ませて、俺はジキと合流した。

「じゃあジキは、全然魔物と戦わないのか？」

密林までの道すがらにジキと会話をしてみたのだが、衝撃的な話ばかりだった。

「そうだ。依頼の達成条件に含まれていないのであれば、戦う価値はない。逃げるのが最善だ。そんな暇があったらオレはより広く、より遠くまで探検する」

一応ナイフは装備しているものの、獲物《えもの》をしとめるというよりは護身や雑務が主な使い道なのだろう。

俺とは対極に位置する冒険者だ。

「それにほとんど野宿って……」

「町に戻る手間がもったいないだろう？」

ジキはさも当たり前かのように語る。なるほど、おっさんの言うとおり変人だ。

その割にはジキの荷物がやけに少なく、心配になる。

「所持品は必要最低限にまとめるのが長時間探検するコツだ。体にかかる負荷の差は馬鹿にならない」

とはいうが、本当に大丈夫なんだろうか？

まあクソ重い剣を背負ってるせいでへばりかけてる俺が反論できるはずもないんだが。

ツヴァイハンダーの実戦投入は今回が初。果たしてどのくらいの破壊力なのやら。

「見えてきたぞ」

ジキが指差した先を見ると、うっそうと生《お》い茂る密林地帯がそこには広がっていた。

……なんていうか、完全にジャングルだな、あれ。


密林の中は異常な繁殖の仕方をした植物で溢《あふ》れていた。

当然見通しが悪い。

足場も不安定だ。土が柔らかいせいでちょっと踏んだだけで沈んでしまう。けれど他に人が通れるような道はないので、ここを歩いていくしかない。

あと湿気が多くてムシムシする。割と薄手の服装をしているのだが、暑くてたまらない。

豊かな自然といえば聞こえはいいが、俺からしてみれば終わってる環境だ。

「邪魔なツルは遠慮せず切って進め。あと、余裕があれば目立つ木に傷をつけてマーキングしておくといい。後々必ず役に立つ」

身軽なジキはナイフ片手にひょいひょい進んでいくが、生憎《あいにく》俺の得物《えもの》は重厚長大も甚《はなは》だしいツヴァイハンダー先生である。ナイフのように気軽に扱うことはできない。

「ええい、うっとうしい！」

「剣、か」

俺は目の前に立ちふさがる植物を払いのけながら進んでいった。

「待て、シュウト」

先を行くジキが足を止める。

「どうかしたのか？」

「オレの足元にある植物に注目してみろ」

しゃがみこんで白眼《しろめ》がちな目を爛々《らんらん》と輝かせるジキ。俺もそれにならって観察してみたが、
よくある雑草にしか見えない。

「複数の効能がある薬草だ。配合を変えれば傷薬、解毒《げどく》剤、解熱剤、あらゆる薬に分化する。

これはいいものを見つけたな。摘《つ》んでいこう」

「別にそんなのに頼らなくたって、普通に市販の薬を使えばいいだろ」

「何を言っている。オレのモットーは現地調達だ」

は？

「いや、お前、薬手配するって……」

「だから今しているだろう？」

ダメだこいつ、アホだ。

不安を増す俺とは対照的に、採取を済ませたジキは満足げな表情をしている。

もっとも俺は初めて密林に来ているんだから、ベテランであるこいつには意見のしようがな

い。信じるしかないな。無事を。

「ストップだ、シュウト」

またジキが停止する。

人差し指を口の前に当て、「シィー」のポーズを作っていた。

「今度はなんだよ」

「耳を澄ませろ。聴こえてこないか？」

「いや、なんも……」

ジキは瞼《まぶた》を閉じ、手の平を耳の裏にかざす。俺も真似してみたが葉っぱが揺れてザアザアいってる音しか聴こえない。

「魔物の出没区域だ。ここから先は任《まか》せる。おそらく、七メートルほど前方に行けば自《おの》ずと襲いかかってくるだろう。頼むぞ」

そう言い残してジキは今辿《たど》ってきたルートを逆走し、脇の草むらに踏み入っていった。

「頼むったって、どこにそんな奴がいるんだよ……」

全然気配を感じないのに「ここから先は任せる」なんて活を入れられても、イマイチ気分が乗ってこない。

「まあ事実で間違いないんなら、俺は俺の仕事をやるだけだけどな」

背負った大剣をようやく下ろす。

事前に決めていた俺とジキの役割分担はこうだ。

まずジキが魔物を索敵《さくてき》。

そして俺が指示されたポイントで立ち回る。

その間ジキが安全が確認されている箇所を探索する。

俺が粗方《あらかた》魔物を狩り尽くせばジキの活動半径が広がるので、更に奥へと進んでいけるようになる。

個人行動の積み重ねなのだが、結果的に密林の攻略に繋《つな》がっているってわけだ。

「……さて」

ジキの目を気にする必要もなくなったことだし、存分に稼がせてもらうか。

二十歩ほど歩いたところで、両サイドの草陰から何者かが飛び出してきた。

「おっと！」

巨大な甲虫が二匹。男らしい一本ヅノが生えている。飛んできた際に一瞬見えてしまったのだが裏側がとんでもなく気持ち悪かった。

とりあえずツノムシとそれっぽい名前をつけておく。

「見た目どおりなら、頑丈そうではあるが……」

今の俺にはツヴァイハンダーがある。

「おりゃあ！」

まずは剣そのもので攻撃。

振りかぶるのには苦労するものの、刀身にかなりの重量があるから、一度振り下ろしてしまえばオートで加速がつく。

壮絶。

一言で表してしまえばそれだった。

切断なんて生ぬるいもんじゃない。魔物の立場からすれば、一思いにまっぷたつに斬られていたほうがマシだったろう。

硬い甲殻《こうかく》が弾《はじ》け飛び、自慢のツノは伝播《でんぱ》してきた衝撃だけで粉々になるという——原型をまったく留《とど》めていない惨《むご》たらしい残骸になってしまったのだから。

「やべぇ……」

なんつー威力だ。

乾いた笑いがこぼれてくる。

文字どおりの「重い一撃」だな。

「よし、次は」

追加効果のほうを試してみる。

ツヴァイハンダー本体による攻撃は桁違《けたちが》いの爆発力を誇っているのだが、予備動作がどうしても長くなりがちだからとっさの事態には対応しづらいし、なによりも疲れる。自由自在に繰り出すことができないので主軸にはしにくい。

となれば、大地の力を借りるしかなかろう。

俺は地面に切っ先を当てた。

ふかふかで締まりのない土が一気に引き締まり、二メートル級の鋭いトゲが形成される。

トゲの先端が甲虫の無防備な腹部を勢いよく突き破った。正攻法で挑むなら、おそらくこの部位が弱点なのだろう。

こちらも一撃だった。運よく急所を衝《つ》けたがゆえでもあるけど。

その後も何体か昆虫のフォルムをした魔物が湧き出てきたが、そのすべてを、これといって特筆するような出来事もなく一蹴《いっしゅう》した。

「つ、強すぎる……俺は無敵か？」

あっさり片付いてしまったので拍子抜けする俺。

魔物はどいつも三万G前後の金貨をドロップした。邪魔者がいない間にありがたくいただいておく。

「終わったか」

「ふおっ!?」

噂《うわさ》をすればなんとやら。ジキはいつの間にか俺の後ろにやってきていた。

「オレだ、シュウト。無為に大声を出すな。余計に体力を消費するぞ」

「きゅ、急に話しかけるなよ、寿命が縮むだろ。それより、なんで離れてたのに戦闘終了のタイミングが分かったんだ？」

「お前の荒れた息遣《いきづか》いが聴こえなくなったからな」

真顔で気持ちの悪いことを言ってきた。

よく見てみると、ジキが握っている革袋には樹皮や草花がいくつか詰められている。

「また薬草か？」

「それもあるが、杖や服に用いる素材を採取してきた」

「お、その話題は俺も気になるな」

「期待に添える結果ではない。残念ながら希少な物資は見当たらなかったが、これでも売れば多少の金にはなるだろう。比較的高値で取引されているものに絞って探したからな」

こいつはこいつでしっかりしてやがんな。

「それより、大体片付いたみたいだな。結構。奥地を目指すぞ」

ジキがまた先頭に立ってどんどん歩いていく。

視界も足元もおぼつかないってのによくやるよ。

若干けだるさを覚えながらも、俺も続く。

戦闘より移動のほうが遥かに疲れる。俺は滝のように汗をかいていた。薄めたワインをラッパ飲みしながらでないと気力が持たない。

「疲れたか？　ならこれをやろう。手を開け」

差し出した俺の指先に置かれたのは、一センチ角の紙片だった。しっとりと濡れている。

「なんだこりゃ？」

「疲労回復薬に浸《ひた》しておいたものだ。舌の上に乗せろ。しばらくすれば効いてくる」

それだけ説明してさっさと進むジキ。

「舌に乗せたら疲れが吹っ飛ぶって……」

どうしてもヤバいおクスリを連想してしまうのだが、タブレットみたいなものだと考え直して口の中に放りこむ。

うわ、あめー。

あとやっぱり薬品っぽい味もする。砂糖でごまかさなかったら到底口に入れられないとかじゃないだろうな。

まあもらったもんだし、贅沢言わずに舐《な》めさせてもらうか。

俺は効能があることを祈って、先を行くジキのやつれた背中を追いかけた。

視野を緑が占める割合が高くなってきた。

エコだね、なんてのんきなことを言える心の余裕は、今の俺にはない。

出現する魔物の傾向は、おおむね虫っぽい奴と鳥っぽい奴に二分できる。

異様に肥大化した虫が重戦車とするなら、色鮮やかな羽を持つ鳥は爆撃機だ。

「あっ、ぶねぇ……！」

素早い動きで攻め立てる鳥の魔物は、俺に向けて何度も何度も突進を繰り返してくる。

スピードに意識を割きすぎているのか命中率はカスみたいなもんなのだが、あのクチバシがまともに当たろうものなら、ベストの防御力を計算に含めても一定の被害は免《まぬか》れないだろう。

ヒヤヒヤさせてくれるよ。

「でいやぁっ！」

降下してきたところを狙《ねら》って剣を叩きつける。

ツヴァイハンダーは機敏な鳥の脳天をとらえることなく空《くう》を切る。しかし。

俺は焦《あせ》らず、そのまま刃を地面にまで下ろす。

第二波で現れた追加効果のトゲが、油断する魔物の体を貫いた。

「これで何十体目だ？」

素材アイテムと金貨を拾いながらも、立て続けに襲いかかってくる魔物に辟易《へきえき》としてくる俺。

もう既に五、六〇万Gは軽く集まっている。卸《おろ》したての布袋が重い。

嬉しい悲鳴ではあるが、今回に限ってはジキの動向のほうが気になる。

ジキは俺が戦っている間、獣道みたいなところを通って付近を調べ回っている。何を探しているかは知らないが、よく飽きないな。

「掃討できたか、シュウト」

「おう、バッチリだ」

　戻ってきたジキに親指を立てる。

「そうか。これほど順調に密林を進めたのは初めてだ。礼を言うぞ」

「そりゃどうも」

「今日はもう遅い。夜間の探索は危険だ、一度ここに拠点を設《もう》けるとしよう」

　やっと休めるのか。

「んじゃ、テントを張るか。手伝うぜ」

「お前の手を煩《わずら》わせることはしない」

　そう言うとジキは慣れた様子で樹木の幹によじのぼり、木々の間にロープを渡し始めた。

　それをもうワンセット。

　二本のロープに広げた布を縛りつけて……。

「寝床ができたぞ」

「どこが寝床だ！」

　レジャーシートとそう変わらない簡易さだ。

「雨が降ったらどうするんだよ」

「大丈夫だ。天候の変わる兆候があるようならもう一組作って屋根にする」

「そういうことじゃなくてだな……」

悠然と布の上に座りこむジキは俺の困惑《こんわく》をよそに、枝に小さなカゴをくくりつける作業に集中している。カゴの中にはなにやら灰みたいな物体が入れられている。

「これはオレが調合した魔物避けだ。炙《あぶ》ればここら一帯の魔物が忌避《きひ》する匂《にお》いを放つ。昼間は奴らも餓えているから匂いなど気にしないが、活発でない夜間なら十分な効果が望める」

それだけ説明すると、ジキはさも当たり前のようにゴロンと横になった。

マジでここで寝るのか、俺。

おかげで明日に向けてのモチベーションは逆に高まった。二泊はしたくないからな。

が、まずはその前に。

「どうした？　早く上がってこい。高所に設営してあるから見晴らしもいいぞ」

「いや、そのだな、ちょっとお花を摘《つ》みに……」

「視界が悪い中で不慣れな者が行うのはリスキーだ。それはオレに任せておけばいい」

くっ、なんとなくそんな気はしたが冗談が通じないタイプか……。

「トイレだよ、でかいほうだ」

「なにっ!?　本当か!?」

なぜかめちゃくちゃ食いついてきた。

「よし！　なら、あのポイントでしてくるといい。あそこの土には多くの種が眠っている。栄養価の高い人糞は優れた肥料になるからな。次に訪れた時には様々な植物が育っていることだろう。シュウト、でかしたぞ！　存分に撒いてくるといい」

「わ、分かったから、嬉々として人の排泄を語るんじゃない！」

「やっぱこいつ、変人だわ。

非常に望外なことに、寝心地はよかった。

ジキが持参した布はかなり分厚かったのだが、使いこまれているせいか伸縮性も柔軟性もある。

夜空が木の葉で覆われて見えないのは残念ではあるけれども。

「晩飯は食わないのか？」

空腹を覚えた俺は身を起こしてパンをかじっていたのだが、ジキは寝そべったままだ。

「オレは一日一食だ。過剰な食料は持ちこんでいない」

「修行僧かっての……ほら、一個やるよ」

俺はカバンから塩気のきついパンを取り出し、仰向けのジキの顔の上に置いた。

ジキは顔面にパンを乗せたまま、無表情を崩さず。

「お前の分がなくなるぞ」

「三日分も持ってきてるから、かさばるんだよ。捨てるくらいならお前に処分してもらったほうが断然マシだ」

「確かに三日も要するつもりはないが、万が一がある。シュウトが管理しておいたほうがいい」

「いらねぇ。明日で全部終わらせようぜ」

なるべく早くな、と俺が言うと、ジキはやむを得ずといった面持《おもも》ちでパンを口にした。

「いいパンだな。オレ好みだ」

「だろ？　市場でもうまいって評判の店で……」

「そうじゃない。日中の汗で失った塩分を摂取《せっしゅ》できるから好ましいんだ」

「ああ、そうかい」

味はどうでもいいらしかった。

食い終わった俺は飲みかけのワインの栓《せん》を抜き、残りを一気に飲み干す。

後はもう寝るだけだな。

とはいえ密林の高温多湿な気候は夜になったところでちっとも変わらず、下手《へた》したら昼間よりも蒸し暑いんじゃなかろうか。

ね、寝苦しい……。

「よくこんな場所に何度も何度も足を運べるな」

「どうしても探り当てたいモノがある。達成するまでオレは死ねん」

「そこまでするって、ここになにがあるんだよ？」

尋ねる。

「遺跡だ」

「遺跡？」

「ここには人々から忘れられた遺跡がある。大陸を渡り歩き、人伝《ひとづて》に聞き、数多《あまた》の文献を読み漁《あさ》って得た情報だ」

「それってもしかして、誰も辿り着いたことがない幻の秘境……みたいなやつか？」

ミステリー特番でそういうのを見たことがある。大抵ヤラセなのだが。

「かつてはそうだった。しかし現在は違う。オレが以前訪れた際に発見したからな」

「な、なんだよ。じゃあ目的達成してるじゃん」

ジキは「それだけでは不十分だ」と答えた。

「まだ解き明かしていない真相が残されている。オレは今回仮説を検証しに来た」

「動機は分かったけど、にしても遺跡って……。そこまで固執《こしつ》するようなもんなのか？」

「性分だ。地元に未解決の謎があって、気にならないわけがないだろう」

「だったら町に残ればいいじゃんか。いつでも来られるぜ」

「生憎《あいにく》、オレは見聞を広めている最中でな。同じ土地に留《とど》まり続けるわけにはいかない」

「どうしてまた」

「学者になるためだ」

俺は思わず咳《せ》きこんでしまった。

「おかしいか？」

「い、いや、立派な夢だと思うぞ？　ただちょっと、意外だったもんだから」

「意外か？　フィールドワークは基本なんだがな。見識を深めるだけでなく、現地に赴《おもむ》いて視察しなければならない。この地方でくすぶっていては、それもままならんだろう」

ジキはよどみなく話す。

大体把握した。こいつの言う学者とは一般にイメージされる机とにらめっこするようなそれではなく、民俗学者とか考古学者とかその手のものだろう。

しかしまあ、この世捨て人っぽい出《い》で立ちから語られる夢がまさか学者とは。

「お前こそどうなんだ？　冒険者を続けている以上、目指すところがあるはずだろう」

「えっ、俺？　急に言われてもなー……」

そういや具体的な最終目標みたいなものは決めてないな。

なんとなくで答える。

「とりあえず……家を買うことかな」

「家？　たったそれだけか」

「家は家でも、でかい屋敷だ。俺はそこでたくさんの美女をはべらせて、自由気ままな生活を送る。それが今のところの夢だな」

「俗だな」

「うるせぇよ」

「だが、スケールの大きさは感じる。オレたち冒険者にとって、永遠の休息というのはそれだけ手の届きづらいものだからな」

　まあ、そりゃそうだろうな。

　もし俺に並の金運しかなかったら無謀すぎるし。

「どうせなら、王都？　だったかの華やかな町に住むのが理想だな。うむ」

「オレならフィーに建てる」

「いつでもここに来られるからか？　どんだけ密林マニアなんだよ」

「それは関係ない。終《つい》の住処《すみか》にするなら故郷がベターだからだ」

「へえ」

　あちこちを飛び回るCランク冒険者にしては意外な回答だった。

「妙な愛着だな、渡り鳥のくせして」

「鳥は帰巣《きそう》本能が強いからな」

　その言葉を最後に、眠りについたのかジキは何も語らなくなった。

密林探索二日目。

「これで通算……えーと……もうどうでもいいか」

俺は相変わらず、ジキの指示に従って付近の魔物を処理し続けていた。

取り回しの難を考えなければ、ツヴァイハンダーの圧倒的な攻撃力は実に頼もしい。触れた先から獲物を粉微塵《こなみじん》に変えていく。

おかげで腐るほど金が貯まった。

「ジキ、目的地まではまだなのか？」

「あと少しだ。一度喉《のど》を潤《うるお》す時間を取ろうか」

「や、その前にだ」

気になる点があった。

戻ってきたジキは一メートル強の木の枝を杖代わりにして握っている。

「なんだよ、その汚い枝」

「これは古木の枝だ。レア物を拾ってきた」

マジか。普通にゴミだと思った。

「でもそれ、ただの木じゃん。全然珍しいものには見えないけどな」

「どの木かは関係ない。古びていることが肝心なんだ」

解説するジキ。

「古木の枝は折ることでは決して手に入らない。一本の老樹が死に、朽《く》ち果てて自然に落下したものでなければ実用レベルの魔力は蓄積されないからだ」

「へー、こんなボロっちい枝がねぇ……」

持たせてもらったが水分が完璧に抜けていてびっくりするくらい軽い。

そのくせまったく折れそうな気配がなく、叩くとカンカンと金属質な音がする。

なるほど、こりゃそうそうは手に入らなさそうだな。

「細々したものはオレの資金源にさせてもらうが、最も長かったこれをお前にやろう」

「いいのか？　ありがたく受け取っちまうぜ？」

「約束だからな。これだけの尺なら価値も高い。通常、市場に出回ることはまずないだろう。売りさばくなり加工するなり好きにすればいい」

ふむ、これはいい品をもらったな。

当然売却なんて無意味な使い方はスルー。

そのまま杖に仕立てるのが王道だが、裂いた繊維を服に編みこんでもらうのも悪くない。

が、しかし、長さがあるためカバンには突っこめない。

仕方ないので、逆に枝にカバンをくくりつけて肩にかつぐことにした。

「止まれ、シュウト」

先行するジキが手をかざす。

「また魔物か？」

「ああ。それも大物だ。耳を済ませてみろ」

今回は俺にもはっきりと聴こえた。

みし、みし、という大地を踏みしめる足音がする。

「まず間違いなく、クジャタだろう」

「なんだそりゃ？」

「牡牛によく似た魔物だ。国から要注意指定まではされていないが、凶暴な魔物として知られている。油断はするなよ」

凶暴、というワードに少し尻込みしてしまうものの。

「っても、先に進むためには倒すしかねぇからな」

俺は一人クジャタの居場所へと忍び寄る。

果たして、そいつは待ち構えていた。

体型といい、ツノといい、鼻と口の突き出た面《つら》といい、確かに牛そっくりだった。問題はそれが三回りほどでかく、異常に興奮しているというだけで。

気配を察知したクジャタは俺が武器を構えるより先に突進を開始。

……速い！

反応が追いつかなかった俺はモロに直撃をくらう。ベストのおかげで深手は負わなかったが、それでもダメージは緩和《かんわ》し切れず、全身に痛みが走る。

「ごほっ……！」

一瞬呼吸が止まった。ふざけた突進力だ。

「バ、バケモンめ」

「シュウト、こっちだ！」

衝突音を耳にしたジキが俺を呼ぶ。

戦闘には干渉しない、というスタンスを貫いていたが、さすがに危機を察してそうも言ってられなくなったらしい。

「この道を通って逃げてこい、早く！」

手招きするジキ。

一太刀《ひとたち》も浴びせずに尻尾巻いて逃げられっかよ、とは思うが、ここは一旦態勢を整え直したほうがいいだろう。

あれだけ強烈なぶちかましをこの身に受けておきながら「じゃあもう一度」と工夫もなしに真正面から挑むのはアホくさいし、痛いのも勘弁だ。

「分かった、一度退《しりぞ》く！」

後ろからクジャタが追ってくる足音を聴きながらも、俺はジキのところへひとまず退避。

それから振り返り、応戦しようとする……が。

「……あれ？」


クジャタはなぜか、木と木の間で動きを止めていた。

ただ止まっているだけでなく、ひどく苦しそうにもがいている。

よく見ればクジャタの馬鹿でかい図体には糸が絡《から》みついていた。

糸は縦横《たてよこ》だけでなく、立体的に張り巡らされている。

「まさかとは思うが……あれがジキが言ってた罠なのか？」

「他に何がある」

どうやら俺がクジャタに向かっていっているうちにひっそりと仕掛けておいたらしい。にしても、あのサイズの魔物を抑えこめるくらい周到な罠ってお前。

「なるほど、そりゃ、あんなのに追い回されても逃げられるわな」

さすがは逃走のプロである。

「だが、そう長くは捕まえていられない。一時的な処置に過ぎない。あの膨大《ぼうだい》な膂力《りょりょく》をもってすれば、すぐにでもすべての糸を引き千切るだろう。そうなれば奴は自由だ」

「ならチャンスは今しかないってことか……」

「なにも倒す必要性はない。このまま戦闘から離脱することもできるが」

逃げる。簡単で魅力的な選択肢ではあるが。

「やられっぱなしでいられるかよ。この剣はダテじゃねぇ」

と、その前に。

「……危ないから離れていてくれ」

念のためジキに避難を命じておく。

まあ身を案じているとかではなく、俺のスキルがバレないようになんだが。

俺は再び魔物へと接近。身動きの取れないクジャタは、巨躯《きょく》を誇っている分狙いやすい的《まと》としか呼びようがない。

間近で改めて眺めたクジャタはありえないほど毛深かった。多少の衝撃なら吸収してしまうだろう。

ま、俺はそんなヤワじゃない。

思う存分ツヴァイハンダーの刃を叩きこんでやった。

報奨として五万Gと、焦《こ》げ茶色の毛皮をゲット。

この距離なら、ギリギリ背中に隠れて見えていないだろう。金貨をパパッと拾い上げている間にジキが近づいてくる。

「これが噂のクジャタの毛皮か。幾度となく遭遇している魔物だというのに、実際に目にしたのはこれが初だな」

「毎回逃げてるからだろ」

「無茶を言うな。オレごときが戦って勝てる相手じゃない。とはいえ他の冒険者を雇った時も討伐《とうばつ》までには至らなかったから、シュウトが特別なんだろう」

「お、おう、そうか。その口調で褒《ほ》められるとムズムズするな」

なかなかレアな一品とのことなので、これも町に戻ったら合成用の素材に使ってみるか。

密林のヌシ的存在を撃破した俺とジキは、更に前進。

途中から通路を外れ、生い茂った草むらをかき分けて進んでいく。

「こんなところを通らないと着かないのかよ……」

「弱音を吐いている余裕はないぞ、シュウト。踏破《とうは》は近い。もう一息だ」

そうは言っても、そこらじゅうに伸びている背の高い植物の葉が俺の頬をかきむしってくるのがウザすぎるんだが。

不平不満は尽きないが、我慢して歩く。

やがて。

「見えてきたぞ」

立ち止まったジキが指を差す。うっすらとだが、口元には達成感からくる笑みが滲《にじ》んでいた。

「遺跡だ」

そこは廃墟と成り果てた神殿だった。

神秘的、というより退廃的な空気が漂っている。

ずらっと並んだ石柱は雑草の侵食を許しており、そのうえ風雨に晒されて崩壊寸前である。

生えている苔《こけ》を観察するジキ。

俺は正直、この手のスポットにはさほど興味がないので、退屈だ。

「そうか……やはり……」

ジキはぶつぶつ呟《つぶや》きながら、つまんだ苔を指先でこねている。

やることもないので、仕方なくその辺を適当にぶらつく俺。

古びた石畳をひとしきり歩いてみた後で、ひび割れた石柱を見上げる。高さは五メートルくらいか。いくつかは既に倒壊してしまっている。

「これ、触って大丈夫なのか……？」

見た目はただの瓦礫《がれき》なのだが、とんでもなく貴重な歴史文化財の可能性もある。

うーん。

やめとくか。崩れたら責任取れんし。

そうこうしていると、やがてなぜか浮かない表情でジキが俺に問いかけてきた。

「シュウト、この場所はなんだと思う？」

「なにって、神殿だろ」

「神殿の建造目的とはなんだ？」

「そりゃ、あれだろ……よくは分からねぇけど……神様を祀《まつ》るとかなんとか」

役割的には神社みたいなもののはず。

「ではなぜ神殿をこんな密林の奥地に建造する必要があったと思う？」

「ええ……んー、見つからないように？」

「そうだ。シュウト、やはりお前は冴えている」

褒められてしまった。とりあえず喜んでおこう。

「深い緑に包まれた密林の中であれば、人目につくことはまずない」

「いやちょっと待った。先にまず神殿があって、後から植物が生えてきたとかって可能性はないのか？」

「それこそがオレの追い求めていた謎の正体だ。だが今日、結論が出た」

苔をかかげながら断言するジキ。

「この苔がオレの立てた仮説の裏づけになってくれた」

「ただの苔がか？」

「オレはこの種類の苔の性質について調べ上げた。これは密林全域に植生しているものだが、神殿に用いられた石材を覆《おお》う苔は他のどの場所に生えているものよりも年代が浅い」

「新しいものってことか」

「順序が逆であればそのようなことは起こりえない。ここから広まったのではなく、ここまで広がってきたと考えるべきだ」

よく分からんが、そういうことらしい。

というかこいつ、探索中に採取だけじゃなくて各地の苔の状態も調べていたのか。随分と気の遠くなる作業をやってたんだな。

「信仰を集める施設であるはずなのに、その存在を知らぬ者を遠ざけていた。隠れて祀り上げなければならなかった。つまりそれは、信仰対象が邪神だったがゆえにだろう」

「へえ。じゃあ神は神でも、悪い神様か」

「今では見捨てられた廃墟だがな。しかし」

ジキは自嘲《じちょう》気味に笑う。

「オレが必死になって探し当てた故郷に眠るレガシーが、よりによって邪神の居所だなんて、皮肉なものだな」

残念がる気持ちは分からないでもない。

どうせならまっとうな史跡のほうがよかっただろうな、とは素人《しろうと》の俺でも思う。

「さて、これでオレの探検は終わりだ。ここに来るのは今後避けたほうがいい。価値もないし、神が誰からも信仰されなくなった今、相当鬱屈《うっくつ》して狂気を高めていることだろうしな」

「さらっと怖いことを口走るなよ……」

そう言われると悪霊がいるかのように感じてしまうから恐ろしい。背筋がぞくりとする。

結局のところこの遺跡は、暴くべきではない場所だったのだろう。

モヤモヤしたものを抱えたまま俺たちは帰還する。最速で密林を抜けられるルートはジキが完璧に把握していた。

「これでオレがこの土地に戻ってくる意味はなくなったな」

目的を成し遂《と》げたというのに、その顔はどこか寂《さび》しげだった。

ジキはおそらく……密林を調査するために戻ってきているという、生まれ故郷を訪れる口実が欲しかったのだろう。

それがなくなった今、虚無感に襲われているに違いない。

ただでさえ残念な結果だったというのに。

「そう肩を落とすなよ、ジキ」

「ショックなどない。オレはひとつの謎を解明した。その事実だけで十分だ」

そう答えるだろうなとは思った。

不都合な仮説を立てた段階で、そこから逃れて立証しないでおくという選択も取れたはず。

そうしなかったということは、足踏みしてはいられないという意志があったからに違いない。

「これでオレは縛られることなく世界を回れる。いい餞別《せんべつ》になったよ」

故郷を愛する冒険家の言葉は、これ以上ない強がりにしか聞こえなかった。

「ジキ、シュウト！　お前らが無事に帰ってきてくれて何よりだ」

斡旋所に報告に行くなり、おっさんがうんうん頷きながら迎えに出てきた。

「無事じゃねぇよ。見ろ、このボロボロさを」

泥やら潰れた草木の汁やらで汚れまくっている。さっさと自宅に帰ってミミに再生魔法をかけてもらわないとな。

一方でジキは衣服の汚れを欠片《かけら》も気にするそぶりを見せない。

「シュウト、約束の分だ」

十枚の金貨が俺の手の上に置かれる。

「これもらえた時点で、ぶっちゃけどうでもいいけどな、金なんて」

俺からしてみればボーナスとして譲ってもらった古木の枝のほうが大きな収穫である。

実際、密林の魔物を倒した分だけでも財布の中身が凄いことになってるし。

「これでオレの目的と義理は済んだ。また旅を続けなければな」

「もう行くのか？　もう一泊くらいしていけよ。酒の一杯や二杯程度ならおごるぞ？」

名残惜しそうにするおっさん。

だがジキの決意は固く。

「宿も結構だが、慣れ親しんだ野宿のほうがよく眠れる。サダ、それからシュウト、しばらく会うことはないだろう。じゃあな」

とだけさらりと言い残して斡旋所を去っていった。

おっさんは「また来いよ」とジキに声をかけて送り出したが、次にあいつが戻ってくるのは、仮にあったとしてもかなり先になるだろう。

「郷土愛、ねぇ」

正直あまりピンとはきていない。

異世界で生きることを女神に頼んだ時点で、今更俺に故郷云々《うんぬん》のしがらみはない。

さっさとランクを上げて他の町にも行けるようにしないとな。

それが俺にとっての前進だ。

Episode.7

俺、接続する

前進、だなんてポジティブなことを言ったはいいものの、企業戦士に休息が必要なのと同様に、冒険者にもたまの休暇が必要だ。

ジャングルから帰ってきた翌日に出勤しろだなんて鬼にもほどがある。

現代人には癒《いや》しと潤《うるお》いがないとな。

「大分お疲れのようですね。おやすみになられますか？」

と帰宅直後に癒しと潤いの化身《けしん》であるミミも気遣《きづか》ってくれたので、存分に甘えさせてもらうことにした。

いろいろと。

で、その明くる日のこと。

俺は日程をまるっきりオフにして、新たな装備品の作成に着手することに決めた。

もちろん使用素材は密林で獲得した二つの品々である。

古木の枝にクジャタの毛皮。どちらもめったに手に入らない良素材だという。

ジキの置き土産《みやげ》、ありがたく有効活用させてもらうか。

「魔法は覚えられたか？」

「回復魔法はもう大丈夫だと思います。ですが、他二冊は……」

ミミは「不勉強ですみません」と謝ったが、別に責めるようなことでもない。むしろこの短期間で一冊理解してくれただけでも喜ばしい成果だ。

となれば古木は防具に使うか……ただ、繊維なら短い枝の寄せ集めでも用意できる。

せっかくの一本モノなんだから立派な杖に昇華《しょうか》させてやりたいところだ。

古木の枝はしばらく保留にしておくとして、次。

「毛皮か……」

濃い茶色が特徴的なクジャタの毛は、やたらモサモサとしている。羊ほどではないがバッファローのそれでもない。

皮をなめすのには時間がかかると口酸っぱく言われたので、紡《つむ》いで毛糸にしてもらおうか。

アウターはベストがあれば十分だろう。ごく一般的に流通してる蜘蛛《くも》の服だと、いい加減キツくなってくるし。そろそろ買い替え時だな。

というわけで服を作ってもらうことに決定。

「だとしたら、あの工房に行くしかねぇな」

久々にオカマに頼るとしよう。


裁縫職人のおっさんの店は町のド真ん中にある。

おっさんの腕が評判なのか知らないが店内は大層繁盛《はんじょう》していた。しかも女性客の比率高め。

まあこれは男物の防具の主流が鎧《よろい》だからというのもある。

「デザインがいいからよ」

とおっさんはウィンクしてきたが俺はそれを素早く回避。即座に体勢を立て直す。

「それより、たまげるようなものを持ちこんだわねぇ。これ、クジャタでしょ？　南のジャングルの奥深くまで行かないと出会えないはずだけど」

「やり遂《と》げてきたってことだよ。それよりだな」

「分かってるわ。これでベストの下に着る服を作ってほしいんでしょう」

おっさんは俺の注文の内容をサクッと言い当てる。

「そのベスト、いいものじゃない。着替えるのはもったいないわ」

プロの目をもってすれば良品は一発で見極められるらしい。

「服にしてもらいたい、ってのはそうなんだけど、うまくできるのか？　これ、結構硬いぜ？」

「伸縮性のない素材だけど、ウールのシャツに編みこめば問題ないわ。ズボンも同じね。身体機能を高める魔力があるから薄く軽く仕上げても効き目はバッチリよ」

「ほう」

「ただし、肌触りはちょっと落ちるけどね」

多少ゴワゴワするくらいなら許容範囲。貧弱な俺のボディを守ってくれることが最優先だ。

俺は正式に服の注文を行う。

「それじゃ、寸法を測るわね。一度こっちに来てくれる？」

オーダーメイドなのでおっさんに採寸してもらう。一瞬も気が抜けなかった。

「はい、これでサイズチェックはおしまい。後は任《まか》せておいて。今がちょうど一一時だから……午後の二時にはできるかしら」

ん？　随分《ずいぶん》速いな。

剣は一本作ってもらうのに二日かかったのに。

「機織機《はたおりき》も紡績機《ぼうせきき》も今時は魔力でチョチョイのチョイよ」

「鍛冶《かじ》や革細工とは違うんだな」

「単純に作業スピードを上げるだけだもの。でも最後の仕上げは私がやらないと細かいニュアンスが出ないから、その分の時間だけちょうだい」

ふむ。なら全面的におまかせするとするか。

手の空《あ》いた俺は、これといって目的もなく市場をうろつく。

密林で稼《かせ》ぎまくったおかげで資金にはかなり余裕がある。

一泊二日のサバイバルで一〇〇万G。過酷ではあったけど涎《よだれ》が出そうになる見返りだ。なんか治験みたいなことをやった記憶もあるが、一〇〇万Gの前では霞《かす》む。

「なにか、お宝でも転がってねーかなー」

謎肉の丸焼きの切り落としを挟んだパンを頬張りながら、手当たり次第にその辺の店を見て回る俺。ごく稀《まれ》に掘り出し物が埋もれているかも……という淡い希望を抱いて。

ま、そんな都合よくあるわけないんですけどね。

これといった収穫もなく三時間ぶらぶらしたのち、裁縫工房へ。

「できたわよ」

できていた。

「お、おお……こいつはすげぇ」

まず最初に見せてもらったシャツは、洗い晒《ざら》しのような白。大人の風合いである。

蛍光ブルーの刺繍《ししゅう》が腕の部分に施《ほどこ》されている。なかなかカッコよろしいが原理が謎すぎる。

「これ、どうやってんの？」

「クジャタの毛はテンションをかけると青く光るのよ。そこで性質を固定したの。あとはそのまま刺繍したってわけ」

手がこんでるな。

刺繍そのものもかなり緻密《ちみつ》で、高級感に溢《あふ》れている。

一方でズボンは元の毛皮と同じ、焦《こ》げ茶色の野性味溢れるデザインになっている。見るからに頑丈そうだが、いざ試着してみると案外柔らかい。さすがに蜘蛛糸並みとはいわないまでも、支障なく膝《ひざ》の曲げ伸ばしができる。

「上はウール多め、下はクジャタ多めにしたわ。でもその分、シャツは刺繍用の糸で増強してあるから、トータルだとトントンってところかしら」

「そんな一手間かけなくても、普通に均等にやったんでいいんじゃねぇの？」

俺が率直に尋《たず》ねると、おっさんはチッチと人差し指を振った。

「同じ色味だと面白くないし、染めるのも安直じゃない。自然の色彩が一番よ、一番」

オシャレに仕立てつつ機能も確保。うーむ、職人芸だ。

「体温調節にすぐれたクジャタの毛だから、暑い時は涼しくて、寒い時は暖かいわよ」

「そいつは嬉しいオマケだな。重宝《ちょうほう》させてもらうぜ」

製作料金の八三〇〇Gを支払い、その場で着用する。

これで俺はついに、すべての装備をレア素材で統一したことになった。

完璧なコーディネートとなった俺は鼻高々に帰宅。

待っていたミミに自慢する。

「素敵な召し物ですね。シュウト様によくお似合いです」

手を合わせて微笑むミミを目にした俺は、着替えたばかりだというのに無性に装備を解除したい気持ちに襲われる。

勇敢な俺は鎧を脱ぎ捨て剣一本で勝負を挑むことにした。

休みの日にまでフルアーマーなのは野暮《やぼ》ってもんだろう、うん。


休みすぎると働きたくなくなる病気が発症するので、俺は翌日からきちんと斡旋所《あっせんじょ》に足を運んだ。

装備もかなり整ったので、万全の状態で依頼に臨《のぞ》める。付近の探索をするにあたってはなんの問題もなくなっていた。

というか攻撃面が強すぎて、新たな防具の真価はまだ発揮できていないのだが。

そんなある日のこと。

「しっかし、まあ……」

俺は受付で依頼一覧表を見せてもらいながら、音《ね》を上げそうになった。

どれもこれもめんどくせー。

バッサバッサ敵を倒すだけで終わり、みたいな依頼はなく、採取に採掘、調査に運搬、といった地道な作業を要求するものばかりだ。

だがこういう仕事をこなさないと俺のランクは上がっていかないのが実情。

人の評価を金で買うことはできない。一個一個コツコツと達成していく以外に名声を高める手立てはなく、さっさとステップアップしたい俺にとってネックになっていた。

金は天下の回り物、とはいうのに、金で解決できない問題が多すぎるわ。

いや、やろうと思えばできなくもない
以前こんなアイディアを考えついたことがある。

たとえば今出ている求人広告だが。

『薬草三〇個募集！　報酬三〇〇G　薬屋店主まで』
『規定量の鉄鉱石の納品　報酬一〇〇〇G　製鉄所一同』
『湖畔《こはん》にいる仲間に食料を届けてきてくれ　報酬三〇〇〇G　とある冒険者A』

こんな具合になっている。
ではここで次のような依頼が出たとしよう。

『薬草三〇個募集！　報酬五〇〇G　byシュウト』
『鉄鉱石の納品　報酬一五〇〇G　byシュウト』
『湖畔にいる仲間に食料を届けてきてくれ　報酬四〇〇〇G　byシュウト』

どうなるか。当然、同じ仕事内容で報酬の高いものに冒険者は飛びつくだろう。
その間に俺がもともとの依頼群を受注する。
要するに、俺の代わりにやってきてもらうわけだ。
冒険者は多めに金をもらえてハッピー。
俺は金を名声に変えられてハッピー。

依頼者は特に問題なく頼みごとが遂行《すいこう》されるから、もちろんハッピー。

幸福の連鎖《れんさ》である。

金を犠牲に名声を二重取りするという画期的な手口。この逆中間搾取《さくしゅ》とでも呼ぶべきシステムは一見完璧に思える。

が、しかしだ。それは全部が機械処理されているなら、の話。

実際は欠陥《けっかん》しかない。

こんな意味不明な金の使い方をする俺が、周りの人間から不審に思われないはずがないだろう。斡旋所内での地位を高めないといけないのに、逆に不信感を抱かれる結果となる。

なにより、俺の昇格決定権を持つサダのおっさんに悪印象を持たれたらすべて終わり。だというのに既《すで》にあるものとかぶりまくった依頼を俺が出し続けたら、いくらなんでも怪《あや》しまれる。

重ねて言うが、俺は奴隷のミミ以外にはスキルのことを明かしていない。

なんで平気で無駄遣《づか》いができるんだ、という話になったら資産家の息子設定を追加しない限り答えようがないのに、アホみたいなバラ撒《ま》きなんてやってる場合じゃない。

結論。真面目《まじめ》に働け。

「シュウト、どれを受ける予定だ？」

こっちの思惑《おもわく》を知らないおっさんは「好きに選びたまえ」とでも言いたげなニヤケ面《づら》をしている。

「ええと、そうだな……」

仕方ない、今日は森に行くついでに薬草採取でお茶を濁《にご》すとして……。

その時。

バタン！　という盛大な音と共に斡旋所の扉が開いた。

次いで、ドサッ、と力なく倒れこむ音。

人だ。傷を負っている。ざわざわという動揺の声が段々と室内に広がっていく。

「ケビン、どうした!?」

おっさんが名前を呼びながら慌《あわ》てて駆け寄った。その様子を見る限り、倒れた男はここに登録された冒険者であるらしい。

だがその装備は剝《は》ぎ取られていた。

「……盗賊だ、剣と盾《たて》を奪われた」

ケビンという男は声を絞り出してそう言った。

「ゲホッ、湖畔からの帰りで消耗《しょうもう》しているところを襲われた……しくじったぜ」

「じゃ、じゃあ、強盗ってことか？」

傍観《ぼうかん》していた俺も思わず聞いてしまう。無茶苦茶やりやがるな、盗賊ってのは。

「あ、いや、この傷は湖畔で鳥の魔物にやられたものだ。……元々弱っていたから武器を差し出せと言われても抵抗できなくて」

「へっ？　だったら盗賊にはやられなかったのか？」

「ああ。刃物で脅《おど》されはしたが」

「金は？」

「無事だ」

なんか話が怪《あや》しくなってきたぞ。

ケビンの傷はよく見たら、そんなに深手ではなかった。血もとっくに止まってるし。

「……まさかとは思うが、入り口でぶっ倒れたのは腹が減ってたからじゃないだろうな」

おっさんが指摘すると、ケビンはぎくりとした表情を作る。

「し、仕方ないだろ！　いつまで経《た》っても食料が送られてこないし……だから帰ろうとしたんだからな！　そのせいで運悪く盗賊と出くわしちゃったしよぉ！」

ああ、表にあった配達依頼の受け取り先ってこいつだったのか。

あの依頼、人気なさそうだったからな……わざわざ遠い湖畔にまで行きたくないし。

「お前なぁ、だったらあんなに派手に倒れるなよ。俺もギルドにいる連中も無駄に心配しちまったただろ」

「うっ……ちょ、ちょっと同情を買いたかったんだよ。俺地味だし……こういう時くらいしか目立つ機会ないし……」

皆呆《あき》れる。俺も。とはいえ、盗みにあったというのは紛《まぎ》れもなく事実らしい。

「まあしかし、大した怪我《けが》がなくてよかった。それにしても金も命も奪われなかったということは……賊は賊でも盗賊ギルドの仕業《しわざ》と見て間違いないな」

思い悩んだ顔つきをするおっさん。

「盗賊ギルド？　なんだそれ。ってかそんないかにもやばそうなのが野放しにされてるのか」

「勝手にギルドを名乗ってるだけで認可はされてないけどな。だから横の繋《つな》がりなんてものはなくて、各地方ごとにバラバラで存在している」

それだけ聞いたらカラーギャングとか暴走族みたいだな。

「うちの地方にいる奴らは……確か、『モノを盗む』以外のことはやらない主義とかだったか。隙《すき》をついて武具や貴重品を奪っていくだけで、それほど暴力的な手段には訴えてこないはず」

怪盗かよ。いやどっちかっていうとスリか。

「ただ被害が出ていることには変わりないからな……天災みたいなもので、頭痛の種だよ。できることならさっさと解体してやりたいんだが」

「ふーん。でもまあ、武器を取られる以外に何もされなかったんだからマシじゃないか。今回はツキがなかったと諦《あきら》めて、また明日から頑張るしかねぇな」

俺なりに慰《なぐさ》めてみたのだが、当事者であるケビンの怒りはさすがに収まらない。

「よ、よくなんてあるか！　あの剣と盾には俺の三カ月分の食費を注ぎこんでるんだぞ！　せっかく奮発《ふんぱつ》していいものを揃えたのに、そう簡単に諦められるか！」

「取り返す気か？　お前一人で？」

「うっ……そ、それはちょっと難しいけども」

おっさんの言葉に口籠《くちご》もるケビン。

ケビンだけでなく斡旋所に集《つど》っていた面々も、腕に自信がないのか、盗賊団とは関《かか》わりたくなさそうにしている。

「そもそも、連中は根城をコロコロ変えているからなぁ。取り返しに行こうにも、今どこにいるかなんて分からないじゃないか」

「それは足をつかめてる！　去り際《ぎわ》に『洞窟まで帰ろうぜ～』とご機嫌で喋《しゃべ》ってた奴がいたからな」

とんでもないマヌケだなそいつ。よくこれまで悪党やってこれたな。

「洞窟？　このあたりで洞窟というと……鉱山近くにある縦穴《たてあな》か。なるほど、あそこは坑廃水が流れ込んでくるって噂だから、誰も近寄らないわな。ちゃんと補修さえしてしまえば身を隠すにはうってつけってことか」

一人納得するおっさん。

対して、俺はあることを考えていた。

「そうか。よし、ケビン。お前今から奪還依頼を出せ。俺がそれを受けて行ってくる」

「はあ？」

俺の言葉に、まずおっさんが驚いた。

「正気か？　シュウト」

「俺はふざけてなんかいないさ。他にやりたがる奴もいないみたいだし」

なにより。

「そんくらいやらないといつまで経《た》っても俺の評価は横ばいのままだろ。たまには同僚の役にも立ってくるぜ」

スキルをひた隠しにしている俺は、ここの人間とはほとんど交流を持っていない。

信頼を勝ち取るなんて、行動で示すくらいでしかできないからな。

稀にしか来ないチャンスを逃していたら、いつまで経っても下《した》っ端《ぱ》のままだ。それに俺の性分的にもコツコツやるより一気に稼《かせ》げるほうが合っている。

「急いだほうがいいだろ、ケビン。早く出してくれ」

「でも報酬が……」

「いらねぇよ。そんなの払うくらいならお前も買い戻すだろ？　だからいらねぇ」

善意でもなんでもなく、マジでいらないからな。

渋々……というほどでもないが依頼人となったケビンは形式として一〇Gだけ報酬を設定し、俺がすぐに受注した。

「……危険だぞ」

「分かってるよ」

念を押してくるおっさんにそう答えた。

危うい賭けかもしれないが、よくよく考えてみれば、弱った冒険者しか襲撃できない時点でそんなに戦闘に長《た》けた集団じゃないだろう。

大体強かったら普通に冒険者としてやっていけてるだろ。そう恐れるもんじゃない、はず。

ま、今の俺はなんといってもフル装備だしな。

「そうだ。取り返してくる、とは言ったけど」

現場に向かう俺は扉の前で一旦立ち止まり、こう捨て台詞を残してやった。

「別に潰《つぶ》してきてもいいんだろ？」

カッコよく決めたつもりだったが、頻出《ひんしゅつ》のフラグ発言だったことに後から気づいた。


俺は単身で窃盗犯《せっとうはん》グループのアジトへと乗りこんだ。

サポート要員としてミミを連れてくることも考えたが、潜入任務を行うなら一人のほうがいいだろう。

念のために傷薬をしこたま買いこんでおいたので、フォローも万全。

「さーて、洞窟は……」

鉱山までの道は行き慣れたものだった。おっさんの話だとこの付近にあるということなので、山に沿って探し歩いてみる。

「……これか」

発見。入り口は小さいが、奥に進むにつれて広がっていっているのだろう。

で、だ。

なにも俺はここまで無策で来たわけじゃない。

正直言うと人殺しなんて俺にできるわけない。そりゃそうだろ、一カ月前まで俺はどこにでもいる一般人だったんだし。魔物に対しては害獣駆除のバイトの時の感覚で大丈夫だったが、悪党とはいえ人間相手にバーサーカーになれるほど頭のネジは飛んでない。

できることなら平和的解決がベスト。適当に力を見せて、向こうから降伏宣言を引き出すとするか。

そして、交渉材料もある。

結局ここにいる連中がアウトローをやってるのは、まともに食っていけないからだろう。俺はこういう奴らが更生できるように手引きしてやれる。

なぜなら、金があるから。

保釈金も含めてある程度の手配ならしてやれないこともない。

巨額の投資になるが、見返りのためなら仕方ない。組織を解体し、罪を償《つぐな》わせ、社会復帰させる。こんだけやれば町での俺の評判も上がるだろう。

ようやく俺のスキル、というか財布が本格的に火を噴く時がきた。腕が鳴るな。

洞窟の中へと侵入する。

真っ暗だ。けれどそれは最初の十メートルほどだけで、奥には明かりが見える。

ランプが設置されているのだろう。俺はその灯《ひ》を追う。

「止まれ！」

灯の近くまで来てやっと視界が開けてきたように感じた時、細長い剣を手にした男が二人、俺の行く手を阻《はば》んだ。見張りか。

「なんだお前は？」

「どう見ても不審者だろ。聞くようなことか？」

俺がそう答えると、両者共に剣をかかげて襲いかかってきた。

だが俺は落ち着いて剣先で二度地面をつつく。

レアメタルの魔力が発現。突如《とつじょ》目の前に突き出てきた土塊《つちくれ》に進路を阻まれた見張り番は、驚きのあまり二人して腰を抜かす。俺はそいつらを見下ろしながら。

「どいてろ」

と言い捨て、へたりこむ二人の間を颯爽《さっそう》と通過した。

やべ、今の俺、めっちゃかっこよかったな。

先へと進むごとに備えつけられたランプの数は多くなっていた。それに伴い盗賊ギルドの構成員とも接触する回数が増えていったが、威勢がいいのは最初だけで、俺が一度ツヴァイハンダーを地面に下ろしただけで敵《かな》わないと察したのか、一切襲いかかってこなかった。

こいつらは俺と同じ人間だから魔物と違ってストッパーがかかっている。

話が早くて助かるよ。

「な、なんでここが分かったんだ？」

武器を落とした下っ端盗賊がうろたえながらも聞いてくる。

「なんでもなにも、お前らが自分たちで喋ってたらしいじゃん」

「だって、場所がコロコロ変わるから声に出して確認しないと忘れちゃうし……」

うっかり口にしちゃったのお前かよ。小学生みたいな理由だな、しかも。

「盗品はどこにあるんだ？　証拠として押収《おうしゅう》させてもらうぞ」

俺は夕方の再放送によくある刑事ドラマの真似をした。

「ほ、宝物庫に」

「宝物庫？　もっと奥に行けばいいのか？」

コクコクと頷《うなず》く男に促《うなが》されるまま、さらに足を進める。というか進んできた距離的に、そろそろ行き止まりでもおかしくない気がするんだが。

不思議なことに、洞窟内部は奥に行くにつれて幅が広くなるついでに――内装が絢爛《けんらん》豪華になっていった。

何を言ってるか分からないかもしれないが、直接目にしている俺自身もよく分かってないので安心してほしい。ランプじゃなくてクリスタルのシャンデリアが天井に吊られているし、岩肌の地面の上には真っ赤な絨毯《じゅうたん》が敷かれている。

家財道具も一式完備。それもやたら高そうなのを。

「意味あんのか、これ」

まったくの無駄に見えるが、あえて好意的に解釈するなら単なる洞穴が住環境っぽくなってはいる。

「ん?」

その絨毯の上を遠慮なしに闊歩《かっぽ》する俺の視界に飛びこんできたのは、人影。

刀身の短い剣を携《たずさ》えた誰かが、俺の数メートル先に立っている。他の連中とは違い、血気盛んな感じではなく、妙に余裕がある。

そいつは「やあ」と軽い調子で声をかけてきた。

「ちょっと騒ぎが聴こえたからね。不法侵入だなんてよくないなぁ、お兄さん」

「邪魔させてもらってるぜ」

俺はそう返した。

どちらからともなく足を踏み出す。

目の細い男だった。顔の下半分はバンダナが巻かれて隠されている。

視線で牽制《けんせい》し合いながらゆっくりと近づいていく俺たちだったが、突然、相手の男がアクセルを入れた。

……速い。瞬《またた》く間《ま》に距離を詰めてくる！

「ちょっ、意表をついてくるんじゃねぇよ！」

どれだけ強力な装備で身を固めたところで、俺自身の反射神経が鋭くなっているわけではない。すぐさま反応しろというのは酷な話だ。

まだ剣の構えも整わないうちに懐《ふところ》に入られる。

素早く、正確な剣捌《けんさば》きで、男は俺の太ももに斬りかかる！

「ッ！」

俺は歯を食いしばって耐えようとする……が、耐えるほどの痛みは走らなかった。

むしろ無痛といっていい。縫い目が少々ほつれただけで、俺もズボンもほとんど傷ついていない。クジャタの毛糸の防御性能たるやすさまじい。

俺の反撃を受けないよう一旦後ろにステップしていた男も、手応《てごた》えのなさにきょとんとしている。

「おかしいな、筋が切れるくらいには力を入れたんだけど」

さらっと怖い台詞を口にしたが、聞かなかったことにした。

「お兄さん、もしかして、強いね？」

「そう見えるか?」

「見えなかったなぁ」

クスクスとおかしそうに男は言う。俺は若干《じゃっかん》ムカついたが、実際俺そのものは全然強くないのでそうした意見もやむなし。

「だがな、この剣を握ってる時の俺は別だぜ」

再度接近してきた男の前に、長大なトゲを出現させる。絨毯の上からで大丈夫かとちょっと不安になったが、無事突き破って出てくれた。

男は身を逸《そ》らして回避。

俺はそれを見て、下ろした刃《やいば》を咄嗟《とっさ》に振り上げた。

今度は俺の肩目がけて斬りかかってきた男の剣と、ちょうど鍔《つば》迫《ぜ》り合いのかたちになる。

技量の差を考えればこちらが圧倒されてしかるべき……なのだが、ツヴァイハンダーの質量とチョーカーの筋力補助のおかげで、逆に俺が押し返す。

「このやろっ!」

懸命に力をこめてなんとか跳ね飛ばすと、今度は地面を五回叩《たた》いた。

相手に狙《ねら》いをつけたものではなかった。第一、ハナから殺す気もない。

隆起《りゅうき》した土の槍《やり》が五本、洞窟の天井に向けて雄々《おお》しく突き上げられる。

地下に潜む悪魔が爪を伸ばしているかのようだった。それは俺の実力……正しくは武器の性能を誇示するには十分な光景であるはず。

俺はそして、精一杯のドヤ顔を作った。

「……まだやんのか？」

威圧する。なんか今日は「人生で一度は言ってみたい台詞」ってやつを言いまくっている気がする。

ただ、こけおどしだ。

はっきり言うが俺に人並み以上の体力はない。ツヴァイハンダーの攻撃力は凄《すさ》まじいが、肝心の俺に持続するスタミナが備わっていない。

なのでこれまで瞬殺を心がけていたのだが、このままだと分《ぶ》の悪い持久戦になりそうなので、余力を費やして派手な技を見せ、相手から折れてくれるよう仕向けた。

最早ポーカーのテキサスホールデムの世界である。

内心バックバクだが、どうやら祈りは通じたらしく。

「うひー。こりゃちょっと、敵いそうにないかな。参った、参った。降参だよ」

男は大して悔しがる様子もなく握力を緩め、持っていた剣を落とす。戦闘の意志がないことをアピールしているようだ。

「信じねぇぞ。この世界にゃ魔法ってのがあるからな」

「やだなぁ、お兄さん。俺がそんな高等なテクを使えるんだったら、最初からそうしてるさ」

ふむ。それは確かに。

「俺の武器はこの鋼鉄製のマインゴーシュだけだ。もう何もできない」

「分かった分かった。信じてやるよ。別に俺も取って食いに来たわけじゃねぇし」

「おっ。それは嬉しい話だなぁ。殺されるのだけは俺だって嫌だからね」

「そんなことよりだ、質問がある。お前がこの集団の首領格なのか？」

「いや、俺は雇われてるだけさ。宝物庫の前にある部屋……部屋って言っていいのかな？　とにかく、そこにウチのギルドマスターはいるよ」

そう話しながらバンダナをほどく。口元のだらしない、ニタニタとした細面《ほそおもて》の男だった。どことなく招き猫を思わせる顔をしている。

「全部喋るんだな」

「おしゃべりだってみんなにはよく怒られるよ」

まあいい。宝物庫のすぐ近くにいることは把握した。

剣と盾を取り返すついでに話をつけるか。

「ボスに会いに行くのかい？」

「当たり前だろ。俺は交渉しにも来てるんだからな。直接ケリをつけないと」

「じゃあ、あの子が黙ってないなぁ」

なんだよ、あの子って。

俺がそう聞き返そうとした瞬間、不意に首筋にひんやりとした感触を覚えた。

「冷たっ……!?」

その正体が刃物であることはすぐに判明した。


――俺の後ろに何かがいる！


いつの間に、だなんてテンプレな驚き方をする猶予《ゆうよ》もなく。

「動かないで」

俺の耳に聞こえてきた声は女のものだった。

高く澄み切った、しかしまったく人間味の感じられない、無機質な氷めいた声色。

「う、動けるかよ、そもそも……」

鋭利なダガーナイフが首筋に当たっているのに、変な真似をできるわけがない。

「話ちげーんだが!?　命は奪わない主義なんじゃなかったのかよ!?」

目の前にいる男に説明を求めた。

「確かに、ウチのギルドの掟《おきて》じゃコロシは御法度《ごはっと》になってる」

いつの間にやらバンダナを首に巻き替えていた男は、相変わらずのニヤケ面《づら》で話す。

「でもその子はギルドの一員じゃないからね。あくまでボスが雇ってる奴隷だから、ルール無視して私刑執行しちゃっても、まあお咎《とが》めはないよね」

「奴隷だぁ？」

刃を当てられたままの俺はできる限界まで首を捻《ひね》って振り向いてみる。頭のてっぺんしか見えないが、なるほど、こいつは間違いなく獣人だ。光沢《こうたく》のある黒髪から猫の耳が生えている。

ミミのように種族固有の特質があるのかもしれない。だとしたら、音もなく背後に回りこめたのもそれが理由なんだろうか。

「動かないでって伝えた。手、滑らせちゃうかもしれないから」

猫女が抑揚のない声音でぞっとするようなことを呟《つぶや》いてくる。

こうなってしまったら「我、不殺に殉《じゅん》ず」なんてぬるいことを言ってる場合ではないが、俺が剣でどうこうしようにも、それより先に女のほうがアクションを起こせるのは自明だ。

よっておとなしくするしかない。

あ、これ。

過去最大のやばさなのでは。

いくら装備で補強されているとはいえ、直《じか》に頸動脈《けいどうみゃく》をバッサリいかれたら死ぬに決まってるだろう。

「武器を手放して」

ぐぐ、これも従うしかないか……。

ツヴァイハンダーの柄《つか》にかけていた両手の指を離す。ズガン、という重量を感じさせる鈍《にぶ》い音を立ててそれは地面に落ちた。

「うわ、重たいなぁ。全然持ち上がらないよ」

男がそれをひきずるように回収し、壁際《かべぎわ》に寄せた。背はともかく体型は俺とそう変わらないから、そりゃ重いだろうな。

「ロア。もう脅すのはなしにしてよ。君は自由にふるまえるかもしれないけど、アジトでコロシが起きちゃった責任を取る覚悟は俺にはないんでね」

ここで俺はようやく解放される。解放、といっても縄で手を縛られた状態で、だが。

ただどうやら俺は、殺されはしないらしい。

首筋を脅《おびや》かし続けていたナイフは下ろされ、真後ろにいた猫女が男の隣に並ぶ。

鎖帷子《くさりかたびら》で全身を包んだそいつは、かわいらしい顔立ちをしているくせにロボットかよってくらい無表情だった。

ミミも表情は乏《とぼ》しいほうだが、あっちがぽやっとしているだけなのに比べて、こいつは感情が凍りついているかのような冷たい顔つきをしている。

猫のような風貌の男と、猫そのものの耳を生やした女。

二人揃って俺を見下ろしてきている。

「いやあ、お兄さん、怯《おび》えさせてごめんね。この子はロアっていうんだけど、何がなんでもボスの身を守ることを義務づけられてるからさ。ちょっと強硬な手段を取りがちなんだ」

がち、ってなんだよ。たまに取らないとかあるのか。

「あ、ちなみに俺の名前はユイシュンね」

「そんなことまで平気でバラすんだな、お前。名前とかトップシークレットじゃないのか？」

「教えておいたほうが話しやすいからさ」

とらえどころのない男だ。とりあえず人懐《ひとなつ》っこい性格なことだけは分かるけれども。

しばらくの沈黙の後、俺への尋問《じんもん》が始まる。

「目的は何」

まずロアとかいう女から質問された。

「目的って、こんなとこまで来てる時点で大体察しがつくだろ。お前らが盗んだものを取り返しに来たんだよ」

それにだ、と俺は続ける。

「別に全員ぶっ殺して無理やり取り返そうだなんてするつもりはないし、実際してこなかったぞ。びびらせて道を開けさせただけで、誰も傷つけてはいねぇ。盗んだものを返してくれさえすりゃそれでよかったんだ」

「うん、それは確かだね。無事を許されたのは俺もだったし」

ユイシュンは納得したように頷いている。

「でも、あなたは失敗してる。私がその気になったら死んでた」

情け容赦《ようしゃ》のない言葉を浴びせてくるのは睨《にら》みを利《き》かせるロアの側。

「ぐっ、そりゃそうなんだが……だけどな、ちょっと話を聞いてくれ」

同僚の武器の奪還はこのままだと失敗だ。しかしまだ交渉材料はある。

「さっきも言ったけど、俺はお前らのリーダーに話をつけに来たんだ」

「それがダメって言ってる」

ナイフの背を叩きながらロアが警戒心を表す。物騒だからやめろ、そういう仕草。

「武器を置いていくんなら、このまま帰してあげてもいいのに」

それだけでいいってマジか。あぶねー、下手《したて》に出まくって泣きつかずに済んでよかったー。

……なんて三下《さんした》みたいなことを漏《も》らして終われるほど、今の俺はゴミクズではない。成果主義の異世界での生活を経験して、少しは考え方もマシになっている。少しは。

俺は粘《ねば》り強く訴えた。

「いやお前らにとってもいい話なんだっての！　マジで！　ヘマやらかしておいて頼むのもなんだが、とにかく一回ボスに会わせてくれ」

命が助かったのは恐悦至極《きょうえつしごく》の限りなのだが、失敗したままで帰るのはダサすぎる。

武器も失い、信用も失う。結局最悪じゃねぇか。

面《つら》の皮が厚いことは自覚しているが、ここは道理もクソもなく押し通すしかない。通りさえすれば勝算はある。残された一手で逆転を狙うしか……。

「まあ、いいんじゃないかな？」

俺の必死さが伝わったのか、ユイシュンが肯定的な態度を示してくれた。

「でも」

「ボスだって暇してそうだしさ。たまには外の人間と喋らせてあげるのもいいじゃないか。今まで俺たちのアジトにまで来るような骨のある冒険者なんていなかったしね」

うおお、ユイシュン、お前はなんて素晴らしい人格の持ち主なんだ！

いや一目見た瞬間からいい奴そうだなとは思ったんだよ、盗賊やってるのが惜しいくらいに。よく見たらまあまあ男前だし……と俺は心の中でユイシュンへの賛辞を贈り続ける。

ロアは渋っていたが、「主人のため」という誘い文句を受けてやむなく提案を呑んだようだ。

「……来て」

招かれる。当然、両手の自由が奪われたままでだ。

しかし「来て」と言われたはいいが、少し歩いただけで行き止まりが見えてくる。

「なあ、本当にこっちで合ってんのか？　宝物庫もないし……」

先導するロアが無言で指を差して示す。

指した方向は横。つまり洞窟の壁なのだが。

「ああ、そういうことか」

そこには横穴が開いており、簡単な門のような木製の設備が取りつけられていた。

よく見ると反対側の壁にも横穴が穿《うが》たれている。そこに詰めこまれた大量の物資を見る限りだと、こちらはどうやら、件《くだん》の宝物庫であるらしい。

門をくぐらされる俺。

小部屋の中はインテリアが取り揃えられており、一段と豪勢な装《よそお》いだった。

そこにいたのは——。


「まあ。ご来客だなんて珍しいですわ」


ふざけた格好の女だった。

ロアが速《すみ》やかに俺の真横に立ち、おかしな行動が取れないよう警備につく。

にしても、こいつのどのへんが窃盗団のメンバーなのか。

そうツッコミたくなるくらい気合いの入った着飾り方だ。どこぞのいいとこのお嬢様が節目節目の行事に着させられるような、やたら華美な装飾のドレスをまとっている。

ただ、色が漆黒《しっこく》なので喪服《もふく》くらいにしかロクな用途がなさそうだが、葬式にこんなの着てくる奴がいたら徳を積んだ坊さんですら不謹慎にも噴き出すだろう。

金髪碧眼《へきがん》の顔にしても、「盗賊」という単語から連想される粗野さは皆無《かいむ》。俺みたいな根っからのブルーカラーとは違い、肌のツヤとキメが抜群だ。誠にうるわしゅうございますわ。

落ち着いた品のある表情といい、人間として一個上のランクにいるような感じがする。

上流階級の娘です、と紹介されたらノータイムで信じるだろう。

なんでこんなとこにこんな場違いな奴がいるんだ？

俺のイメージだと賊っていったらモヒカンなんだが。

いや、待て。

首領に会わせろと頼んでこいつの前に通されたということは……。

「驚いた？　まあそりゃそうだよね。みんな盗賊ギルドをどんな人が率いてるかなんて知らないし。彼女がウチの設立者、ギルドマスターだよ」

脇に控えるユイシュンが、くすりと愉快げに笑いながらそう告げた。

目を丸くしている俺に、早速そのギルドマスターとやらが話しかけてくる。

「どちら様でしょう？」

「お、おう、冒険者のシュウトだ。ちょいと話がしたくて来させてもらったんだけど……」

こっちが言い終わるより先に、あっちがマイペースに自己紹介を述べてくる。

「シュウトさん、ですね。わたくしはこちらの盗賊ギルドの首領を務めております、エリザベート・マリールイゼ・ヴェルストレンゲンと申しますわ」

なげー名前だな。レアモンスターかよ。

俺のセンスに当てはめると通称は金髪ブラックになってしまうわけだけども、さすがに面と向かってそうは呼べない。てか、呼んだら多分ロアに殺される。

「ちょっと覚えられないから、なにかいい呼び名を教えてくれないか？」

「ふふ、ではエリザとお呼びくださいませ」

「んじゃエリザで」

俺がそう口にした途端ロアから物凄《ものすご》い量の殺気が発せられたので、若干冷や汗をかく。落ち着け自分。どっしり構えてないと説得力も持たせられない。

「さて、ご用件はいかがなものでしょう。盗まれたものを奪い返しに来たのかしら？」

「まあそれもある。ってか一番の目的なんだけど、あんたにも話があるんだよ」

しかもうまい話だ、と俺は追加する。

「頼みがある。この組織を解散してくれ」

「あら、刺激的な申し出ですこと」

とんでもなく押しつけがましいことを申し出たのに、なぜか嬉しそうな面持《おもも》ちをするエリザ。

微笑んで目を弓なりにすると長い睫毛《まつげ》がますます目立つ。

「そのようにおっしゃるからには、何か交換条件があるのですよね？」

「もちろんあるさ。出頭した後、俺がある程度は面倒見てやる」

　俺の言葉に反応を示したのはエリザのみならず、ユイシュンとロアもだった。

「保釈金も何割かは工面《くめん》してやるし、やり直しに必要な初期費用も出してやる。悪い申し出じゃないだろうよ。あんたらだっていつまでも綱渡りの悪党やってける見通しなんてないんだろ？

損害少なく足を洗うチャンスだぜ」

「シュウトさんは優しいお方ですのね。それにお金持ちじゃないとそんなことはできませんわ」

「金ならあるんだよ、金なら。ただし、保釈金を払ったのが俺だとは……」

　そう続けようとした矢先……エリザは片手で口を押さえて、俺の生涯で一度もお目にかかったことのない、冗談みたいに上品な挙措《きょそ》で笑った。

「うふふ、シュウトさんは大変な勘違いをしていますわぁ」

「な、なにがだよ」

「わたくしはお金でなんて動きませんわ。もう既に『ある』んですもの」

　さも当然のように答えるエリザ。

「んなわけあるか。だったらこんな犯罪でなんて……」

「盗みの稼ぎだけじゃ厳しいのは間違いありませんわ。でも、わたくしがギルドの皆さんを養ってあげられるのですから、それでよろしいのですよ。お給料は歩合制ですから、ちゃんと盗みにも行ってはもらいますけれど」

なに言ってんだこいつ。

理屈が意味不明なので尋ね返そうとするが、隣にいるロアがひっそりと耳打ちしてきた。

「エリザベート様はドルバドルでも有数の資産家のご息女。手紙で無心するだけで、一度に五〇〇万Gの援助がある。経済的な理由で足を洗えないとかじゃ、ない」

な、なんだと……。

つまりこいつは、金持ちの道楽で盗賊団の親玉をやっているのか。

盗サーの姫ってか。

「なんで家に残らなかったんだ。なんもしなくたっていくらでも贅沢できたろうに」

つーかそれ、俺の理想の生活なんだけど。

「だって、お屋敷は退屈ですもの。やることといえば魔術書を学習するくらいで……わたくしは外の世界が見たくてたまりませんでしたわ。ですからお父様に無理を聞いてもらって、十年の期限つきで放浪を許していただいたんですのよ」

幼い頃からメイドを務めていたロアと一緒にね、とエリザは思い出深そうに語った。

「諸国漫遊の末にこの地方にまで流れてきたんですの。港町があって、海の景色が綺麗な土地ですから、とても気に入りましたわ」

「だからってやることが盗賊って……他にもなにかあっただろ」

「ふふ、一番刺激的そうだったからですよ」

ゆるふわな金髪を優雅にかき上げるエリザは、悪びれもせずにそう返答する。

「親はこのことを知ってるのか？」

「もちろん知りませんわ。お父様はきっと、わたくしが町で悠々自適に個人商店でも営んでいると思っておられるでしょうね」

むむ、羨《うらや》ましい……じゃなくて。

俺は愕然《がくぜん》とした。

アテが外れたのだ。金を交渉材料に使えると踏んでいたのに、その金が既にふんだんにある。

普通に雇用形態が成立しているし、これだけ資金があれば俺が介在するまでもなくアフターサービスがついてくるだろう。

すなわち俺は用無しである。

頭が真っ白になる。秘策が通用しないと判明した途端、俺の強気はどこかに消え失せた。

「それとシュウトさん、同じギルドの方の装備品を返してほしいとのことですけど」

もしかしてお情けで返却してくれたりするのか、なんて淡い希望を抱いてみるが。

「申し訳ありませんけれど、その頼みも受け入れられませんわぁ。わたくしたちは盗賊ですから、せっかくの戦利品をそんなに易々《やすやす》と手放したりはできませんもの」

ですよね。

落胆する俺をよそに、エリザはくすくすと面白そうに笑っている。

「とても興味深いお話をしていただけて楽しく過ごさせていただきましたけれど、そういうことですから、お引き取り願えますか？」

「い、いや、もう少しだけ話を聞いてくれ」

食い下がる俺だったが、ロアに制された。

「帰れと言われたら、帰る。あと、エリザベート様のことを誰かに口外したら、許さないから」

「分かってる、言わねぇ、言わねぇからさ」

どうする俺。このままなんの成果もなく、その上ツヴァイハンダーまで失って帰るのか。

せめて武器だけは取り返せはしないものか。

地獄の沙汰《さた》も金次第。なにか……手段は……。


……あっ。あった。


「よし、分かった。だったら……」

し、しかしこのやり方は……とはいえそれしか方法がない。

「盗んだ武器を売ってくれ！」

俺がそう口にすると、しばらく居心地の悪い沈黙が流れた。突然空気の読めない発言をしてしまった時のあれみたいな。

ユイシュンが「なるほど！」とばかりに手を打ったことで、その静けさは破られる。

「うーん、お兄さん、うまい交渉をしてくるねぇ。盗品を横流しするのも楽じゃないから、俺たちからしても買ってくれるっていうんならすぐに買ってもらいたいところなんだよね」

どうやら願ってもない申し出だったらしい。

エリザも満更でもなさそうな顔をしている。唯一ロアだけが俺をめっちゃ蔑《さげす》んだ目で睨んでいて、なかなかくるものがある。人によっちゃご褒美《ほうび》かもしれないけど。

「ユイシュン、いくらくらいになる？」

「同僚さんの剣の相場が二万前後、盾が一万と少しってところだろうから……六掛けで一万と八〇〇〇G。この額なら喜んで売るよ」

そのくらいなら余裕で払える。問題は俺のツヴァイハンダーなのだが。

「ですが、シュウトさんの武器は売れませんわ。これは質とさせていただきます」

ぐぐぐ、だとは思ったけど……ここは涙を飲んで一時の別れを告げるしかあるまい。

俺は剣と盾の分だけを支払い、宝物庫から持ってきてもらった。

屈辱極まりない。なにが屈辱って、客観視すると本来の俺らしい行動に見えてしまうからだ。

なんかしっくりきてしまっている。

クソッ、もう泥なんかすすってらんねぇってのに。

「大変有益な取引でしたわ。またお会いしたく願っています、ごきげんよう」

悪意は一切ないのだろうが、微笑を浮かべるエリザの別れの挨拶《あいさつ》は今の俺には相当こたえた。

洞窟の外までユイシュンとロアに連れていかれ、そこで縄を解かれる。

「はい、剣と盾。約束だからね」

「こんな雑な引き渡し方でいいのか？　これ持った瞬間俺が暴れだしたらどうするんだよ。それに帰った後で俺が言いふらさない保証はないぞ」

「そんなことがないように、今からこれをつけるのさ」

言いながら、ユイシュンは俺のチョーカーの位置を少し下にずらす。

追加で首に嵌《は》められたのは銀の輪っかだった。

「な、なんだこれは？」

まったく伸び縮みしないからチョーカーと違ってきつい。金属製だから当たり前だが。

「服従の首輪だよ。これをつけている限り、お兄さんはオレたちに敵対的な行動は取れない。もしそうしようとしたら、身体に規制がかかるようになってるからね」

試しに俺を殴《なぐ》ってごらん、と言ってユイシュンは自分の顔を指差した。

やれ、と指示されたので、仕方なく殴ろうとするも。

「……がっ、ぐ……？」

腕が上がらない。誰かに無理やり押さえつけられているかのように。

「危害を加えようとしたら筋肉が急激に萎縮《いしゅく》するし、口外しようとすると喉《のど》が詰まる。凄いでしょ？　正規には流通してないよ。まあ、こんなのがあるのもウチのボスの経済力のおかげだけどさ」

　ふ、ふざけやがって……。殺人はしないが悪党らしいことはやってくるんだな。

「ボスはお人好しだから、口約束で大丈夫だと考えてるけどね。でも俺とロアはそうはいかない。汚れ仕事は俺たちの役目だよ。首輪の効力は一カ月しか持たないけど、その頃には俺たちも拠点を変えてるからさ」

　確かめる手段がなくなるから、俺の証言も無駄ってことか。

「ギルドの人たちには、交渉のパイプが結べたから盗賊のことは全部俺に任せておけばいい、とでも伝えておいてよ。じゃあね。またすぐに会うことになるかもしれないな、お兄さんとは」

　まったくだよ。

　一カ月も待ってられるか。すぐにでも納得させてこの首輪を外させてやる。

　ツヴァイハンダーを担保《たんぽ》に取られてるんだから、いつか必ず奪い返しに来るからな。

　その野望と共に帰路につく俺。一応形の上では装備品は取り戻せたので、事情さえ明かさなければ依頼は成功、ということになるだろう。

　予定とは違うが、金でなんとかなりはした。

　ああ、でも、これって。

　反社会勢力への関与、ってやつじゃないのか……？

土竜鉱のツヴァイハンダー

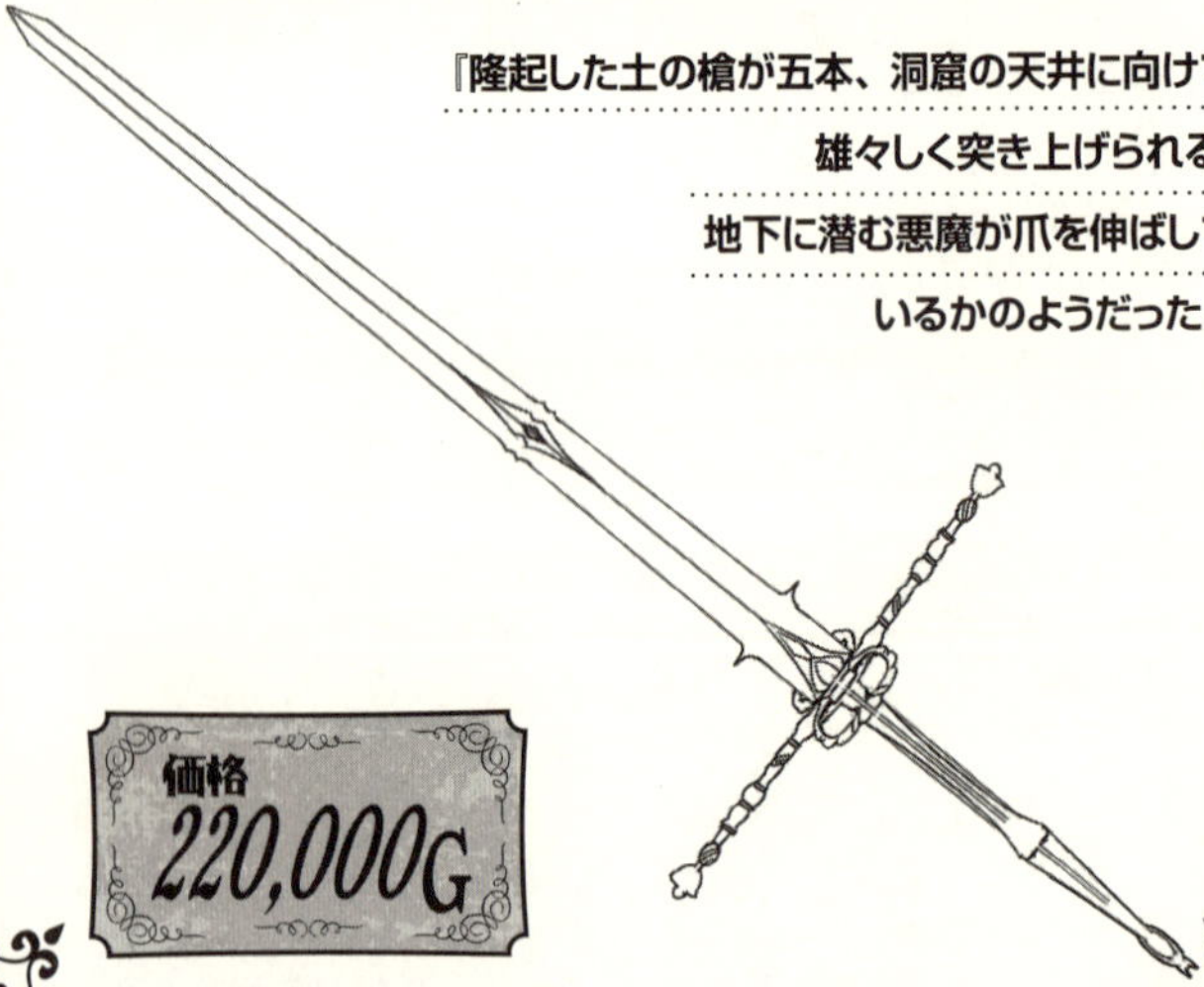

『隆起した土の槍が五本、洞窟の天井に向けて
雄々しく突き上げられる。
地下に潜む悪魔が爪を伸ばして
いるかのようだった。』

価格
220,000G

桁外れの質量を誇る、デルガガ地方産の
レアメタル『土竜鉱』を用いた、鞘も装飾もない無骨な大剣。
鍛冶職人の粋な計らい（？）でシュウトの
身の丈とまったく同じ全長で作られた。
ひたすらに重く、大きく、扱いには難しかないが、
その分破壊力は絶大である。武器に秘められた追加効果は、
剣先で突いた箇所から飛び出る土の槍。射程は短いが貫通性能は高い。
徹頭徹尾接近戦に特化した武器といえる。

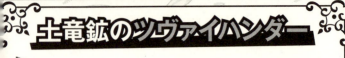

Episode.8
俺、激白する

あの苦い経験から一週間が過ぎた。

「シュウト、またお前に依頼が舞いこんでるぞ」

斡旋所《あっせんじょ》を訪れた俺におっさんが提示してきたのは、思わず「またこれか」とため息を吐《つ》いてしまうような内容だった。

過去に盗まれたものを取り返してくれ——。

俺があの日、表面上は無事にケビンの装備品を持ち帰ってから、この手の依頼が毎日のように来るようになった。

おまけに俺が連中と交渉ラインを持てたと説明せざるを得なかったために、どいつもこいつも穏便に解決されてるものだと思っている。実際には下取りしているだけなのだが。

そのせいで『ネゴシエイター』とかいうありがたくない称号を最近与えられた。

いらねぇ。

「この調子だと大きないさかいなく盗賊ギルドの解体までこぎつけられるかもしれんなぁ。いやまさか、シュウトに交渉の才能があったとは思わなかったよ」

おっさんはのんきにそんなことを言うが、俺には苦笑しかできない。

ただ真相を明かそうにも、ユイシュンに取りつけられた服従の首輪が枷《かせ》になる。

よっぽどレアな代物《しろもの》なのか、もしくは一般人には知りえない道具なのか……おそらく、その両方なのだろうとは思うが、この首輪に対して違和感を持たれることはなかった。

無駄にシルバーでオシャレな外観をしているのがよくない。もっと首輪首輪しとけよ。

「……行ってくるよ」

窃盗団の件は俺に一任されてしまっている。出た依頼をすべて受け、出立した。

だが奴らのところに通い詰めるのは不利益ばかりではない。

今回に関しては生来だらしのない性分の俺も珍しく燃えている。

俺はまだ諦《あきら》めていないからな。自分のケツくらい自分で拭《ふ》いてやる。


洞窟の前にはユイシュンが一人で立っていた。

「お兄さん、待っていたよ」

笑みを絶やさない人当たりのいい表情も、今となってはうさんくささしかない。

聞かされた身の上話だと、元々はCランクの冒険者として活動していたらしい。旅の途中でエリザに用心棒として雇われ、そのまま付き添っているとのこと。

他の盗賊とは比べ物にならないくらい武芸が達者なのも納得か。

「今日も買い取りに来てくれたのかな？　嬉しいね、それじゃ、中に入ってよ」

ランプの明かりが満たされ始めたあたりで、ユイシュンは案内役をロアにバトンタッチする。

臨戦態勢でないロアはメイド服を着ていた。ひどく無愛想な顔で。

「そのまま、まっすぐ歩いて」

「分かってるっての……」

こいつらに制定された、俺がこのアジトに入るための条件は、武器を持参しないこと、そして常に監視がついていることの二つ。

完全に丸腰だが、危害を加えられる恐れはなかった。なぜなら。

「おっ、シュウトさんだ」

「へへっ、毎度お世話になっておりやす」

「うるせぇ」

アジト内部を歩くたびにヒャッハーな風体《ふうてい》をした盗賊どもが手を揉《も》みながら寄ってくる。俺のやっていることは要するに闇商人なので、ここの連中からは一目《いちもく》置かれていた。

というか、結果だけ見れば俺は名声を金で買えていることになる。それは俺が望み続けた最高の逆錬金術ではあるが、こいつらの活動資金になっているのは不本意だ。

いいように扱われている……のだが、デメリットだけかといえばそうでもない。

ロアいわく「主人の退屈しのぎ」とのことだが、エリザとの面会の時間は与えられていた。身から出た錆《さび》じゃないけど、交渉するパイプが繋《つな》がっているのは本当だ。

ここで踏ん張るしかないのだが……。

「うふふ、無理ですわ」

小部屋で瀟洒《しょうしゃ》に紅茶を飲むエリザは今日も俺の解散勧告を一蹴《いっしゅう》した。

「シュウトさんとのお喋《しゃべ》りはとても楽しいですけど、その申し出だけは申し訳ありませんがお断りさせていただきます」
「頼むから盗賊団なんてやめてくれよ。そんだけ金があるなら普通に暮らしていけっての」
「普通の暮らしは刺激的じゃないですもの」
世間知らずの馬鹿女め、と俺は心の奥で悪態をついた。
俺の釈放を口約束で済ませたことといい、殺人を禁止するルールを設《もう》けたり、服従の首輪を
「素敵なアクセサリーですわね」と勘違いしたりなど、およそ窃盗《せっとう》グループの主犯らしからぬ
のほほんとした言動ばかりが目立つ。
趣味で悪党をやりたがる時点でなんとなく分かるが、そもそも罪の意識自体薄いのだろう。
ロアから教わった話では、こいつ自身の手で盗みを働いたことはないそうだしな。ただただ
「盗賊団の首領」というアウトローな肩書きに陶酔しているようだ。
浮世離れしすぎていて、感覚が常人とは異なっているに違いない。
俺はスキルによって得た金で難局を切り抜けてきたが、今回、ついにそれが通じない相手が
現れている。リアルチートの持ち主、エリザベートなんとか。この道楽娘を観念させなければ
俺の気が済まない。
財力に頼らずエリザを従わせる方法……いや、ある。あるにはあるのだ。
エリザが俺になびけばいい。

つまり俺は、こいつを籠絡《ろうらく》するしかない。


しかしどうやってだ？

とんでもない難問だ。

名うてのジゴロなら楽勝かもしれないが俺である。繰り返すが、俺である。

俺は特別イケメンでもなければ、流行の細マッチョとかいうのでもなく、出が裕福じゃないのはもちろんのこと、高身長も高学歴も持ち合わせていない。

悲しさしかないプロフィールだが、「配られたカードで勝負するしかない」という、これまで幾度となく俺を勇気づけてくれた格言があるので、希望は捨てない。

まあ配られたカードで勝負した結果が、転生初日の玉砕《ぎょくさい》なんだが。

「エリザ」

「なんでしょう？」

俺はエリザのサファイアめいた瞳を見る。

ここで突然、好きだ！　とか言いだしたら、確定で頭のおかしい人間扱いで終了だろう。

好感度を上げてくれ……ゲームかっての。俺を気に入ってくださいとでも言えばいいのか？

どんな要求だ。新入社員でももうちょいまともなゴマのすり方をするだろ。

こうなんか、ほのめかす程度で……急に距離を詰めすぎないような……。

あれこれと口説き文句に思い悩んでいた時。

「なにやら、騒がしいですわねぇ」

慌《あわただ》しい足音が聴こえてきた。密閉された洞窟の中だからか、よく響く。

「た、大変だ！」

現れたのは、珍しく余裕がない様子のユイシュンだった。

糸のような目を限界まで見開いている。

「どうなさいました？　アフタヌーンティーの時間はまだまだ残っているはずですよ」

「この洞窟に来た時、最初に大きなヒビを埋めたのを覚えてる？」

「坑廃水が漏《も》れてきていたところですよね。もちろん覚えていますわ」

「それが、決壊してて」

廃水が流入してくるのが、そんなに慌《あわ》てるようなことか？　と会話を傍聴《ぼうちょう》する俺は感じたが、
どうやらそうではないらしく。

「穴は自然にじゃなく、無理やりこじ開けられたんだ……魔物だよ！」

「なんですって⁉」

動転した声を上げるエリザ。

ユイシュンは続ける。

「かなり強そうな奴だ。今は全身が出てきてるから、完全に道をふさいでしまってる。のんびりなんてしてる暇《ひま》ないよ！」

その瞬間、張り詰めた表情のロアが人目もはばからずメイド服を脱ぎ捨てた。

俺は思いがけず眼福《がんぷく》にありつくが、ロアは気にするそぶりもなく、即座に壁にかけてあった鎖帷子《くさりかたびら》を着こんでナイフを手に取ると、猛ダッシュで駆けていく。

「俺もまた向かわないと……クソッ、他の連中が逃げ出してなきゃ、もうちょいやりようがあったのに……」

「逃げた？」

問いを発したのはエリザではなく俺からだった。

「そうだ！　あいつらは入り口に向かって走っていったんだ、奥にはボスがいるのに！」

ユイシュンは味方に対する怒りで肩を震わせている。こいつとはムカつく腐れ縁で一週間ほぼ毎日顔を合わせているが、こんなに感情的になっているところを見るのは初めてだ。

多分だが、下っ端《したっぱ》たちは魔物相手の戦闘経験がないのだろう。あいつらは俺からスキルを引き算したようなもんだし。そりゃびびるわな。

「なんでお前は逃げなかったんだよ」

「そんなのボスを置いていけないからに決まってるだろ！」

お？　こいつのこの感じ……。

だがそれを指摘するより先に、ユイシュンは出現したという魔物のもとに戻っていった。

「ど、どうしましょう……」

魔物に急襲されたことと部下に見捨てられたことの二重のショックで、エリザはガタガタと小刻みに震えている。

「どうもこうもないだろ」

別にこいつらが魔物に襲われようが関係のない俺には知ったことではない。

だがこれは、恩を売るチャンスなのでは？

助けてもらっておきながら俺を邪険に扱うことはできないだろう。「死んでたよりマシだろ？」とでも爽《さわ》やかに言い放ってやればいい。俺は打算的な考え方だけは得意だ。

あいつらの武器はリーチが短い。何をしでかすか分からないバケモノを相手にするなら、俺のほうが断然向いている。

それに俺自身もこの場にいるせいで魔物の脅威《きょうい》に晒《さら》されている。どうせ洞窟を出ようと思ったらそいつとすれ違わなければならないんだし。

「エリザ、剣を返せ」

「剣ですか？　あの大きな……」

「嫌だって言われても、取り返させてもらうからな。もう監視とかいねぇし」

俺はエリザの部屋の真向かいにある宝物庫に立ち入り、寝転がっていた相棒を奪還する。

黄金色に輝くツヴァイハンダー。

久々に持つこいつは、肩腰膝《ひざ》にずしりとくるな……。

「ひっ、そ、それで、わたくしを斬首するおつもりなのですか……？」

怯《おび》えるエリザだったが、俺は首を水平に振って否定した。

「んな物騒なことするか。おっかないし。俺も戦ってくるんだよ」

大体、したくても首輪があるからできないしな。まあハナからやる気もないが。

「ついでに助けてやるって言ってるんだ。あんたらをだぞ？　俺をこんな目にあわせてくれているな」

釈然としないが、でかい目的のためなら仕方ない。

これは失態をしでかした俺のケジメみたいなもんだ。

無闇に人の血が見たいわけでもないしな。俺は平和主義者だ。

「ここで待ってろ、絶対動くなよ」

そう伝えて小部屋を去ろうとすると、エリザが戸惑《とまど》いがちに尋《たず》ねてくる。

「どうして無関係の……いえ、それどころか、シュウトさんにひどい扱いをしているわたくしなんかのために……？　人を助けることが冒険者の本分なのでしょうか？」

て答える。

「違う」

急いでいた俺は思考を介さず、それまでずっと頭に浮かべていたことを、そのまま口に出して答える。

「お前に惚《ほ》れられたいからだ」

……ん？

声にしてから気づく。

待て待て待て。俺はこんなストレートな物言いをする予定じゃなかったんだが。

「……それは、どういう意味なのでしょう？」

しかもなんか、エリザも脳天貫かれたような惚《ほう》けた顔してるし。

「い、いや、深い意味なんか別にない。ていうかなかったことにしてくれ。忘れろ！」

俺はそれだけ言い残して、魔物の暴れる現場へと一目散《いちもくさん》に向かった。

洞窟の中ほどでは既に戦闘が始まっていた。

都合の悪いことに、劣勢だ。特にナイフを武器にするロアは攻めあぐねている。

そりゃそうだろう。出現している魔物は固体と液体の中間といった感じの、核を持つゼリー状の生命体だったんだから。

二メートルほどの高さがある。形は潰《つぶ》れているから、道幅全体に広がっている。

廃水を吸っているからか色がドス黒い。ヘドロがのたうちまわっているようで不気味だ。

「お兄さん、なんで来たんだよ。俺たちの問題なのにさ」

「勘違いしてんじゃねーよ。俺が一〇〇パーセントの善意でなんか動くか。お前らの問題だから俺がやるんだよ。教えとくけど、こういうの情けは人のためならずって言うんだからな」

マインゴーシュとかいったか、ユイシュンの手にしている短剣もブラックゼリー（俺の中での俗称）を相手にするには不十分だろう……ってか……。

「お前、なんだよその手は」

柄《つか》を握るユイシュンの右腕は、袖が溶け、皮膚がただれてしまっていた。よく見れば手だけでなく、足にも傷を負っている。立っているのがやっとといったところか。

「こいつ、強い酸を持っているみたいでね……ちょっと攻撃しただけでこうさ」

「お前ら向けの相手じゃないだろ。下がるか逃げるかしたほうがいい」

俺は長尺のツヴァイハンダーを構える。

「でも」

困ったような面持《おもも》ちでロアが俺を見る。

「もうあんなヘマはしねぇよ。魔物相手なら俺……というか剣の本気が出せるんだ。この場だけはおとなしく言うことを聞いてくれ、頼む」

強引に言って説得すると。

「わ、分かった」

元よりロクに戦う手立てのないロアはユイシュンに肩を貸し、奥へと引き下がっていった。

「……さあて」

俺は魔物と対峙《たいじ》する。

でかくて気持ち悪く、正直こんなのを相手にはしたくないのだが、やるしかない。

幸い、動きは非常にスローだ。たまに地を這《は》う触手をのばしてくるだけで、俺の動体視力でも余裕でかわせる。

あとは強酸性だというボディへの対処だな。まあこれは、いつものに頼るとするか。

「おらっ！」

遠慮はいらない。俺は勢いよく剣の切っ先で地面を叩《たた》く。

俺の呼びかけに応じて、大地が隆起《りゅうき》する！

鋭く尖《とが》った土塊《つちくれ》がブラックゼリーの一部分を下から貫く。

「ひっさびさだな、この感覚……」

手の平に伝わる重量感、砂埃《すなぼこり》の匂《にお》い、土の槍が地面を突き破る轟音。離れ離れになって一週間しか経《た》ってないのに随分と懐かしい。

その後も剣の追加効果を連打。

鍛えていない俺と比べてさえ相手のほうが動きが遥《はる》かに緩慢《かんまん》だから、手数は稼《かせ》げている。

ただし、決定打はない。

剣に宿った魔力による攻撃では、さほど大きなダメージは与えられていないらしい。

こういうのって、あれか。ゲームとかにはよく設定されてるが、物理耐性より魔法耐性のほうが高い、とかなのか。

となれば、直接剣で斬りつけるのがベストなのだが……。

このツヴァイハンダーに用いられている金属は希少度の極めて高いレアメタル。

雑に使うには躊躇《ちゅうちょ》する逸品《いっぴん》だ。

とはいえ、ぶっちゃけると、払えなくはない。単に俺の愛着の問題なだけで。


「すまん、帰ったら直してやっから！」


俺は二二万Gを、魔物のゲル状の肉体へと叩きこんだ。

目を見張る効果があった。切断というよりは、衝撃のかかったポイントからパアンと弾《はじ》け飛ぶように、ブラックゼリーの肉体は砕ける。

「う、うおおお!?」

飛んできた断片から顔を守る。レザーベストとクジャタの服の重ね着のおかげで俺自身に影響はなかったものの、衣装のところどころが焼けてしまった。

俺の受けた被害といえばそのくらいだが、一方の魔物は露骨に苦しんでいる。

こいつはやはり斬撃に対しては極端に脆《もろ》い。だからこそ強酸でその弱点をカバーしているのだろう。

俺はなおも続行。二度、三度、思い切り大剣を振り下ろし、魔物の水分保有量を減らし本体を縮小させていく。

相変わらずこいつの破壊力は癖《くせ》になる。この有無を言わさぬ力で捩《ね》じ伏せてる感じがたまらんな。

魔物はあっという間に五十センチ程度のサイズになった。

だが、ツヴァイハンダーの美しい刀身は段々と腐食していって……。

「リペア！」

……その声が聞こえたところで腐食の進行は止まり、ある程度の状態まで修復された。

もちろんミミはいない。となれば、ここで魔法を使えるのは一人しかいない。

「大丈夫ですか、シュウトさん」

黒のドレスが揺れている。いてもたってもいられず様子を見に来たらしいエリザだ。

「ま、魔物が……でも、随分《ずいぶん》と弱っておりますわ。シュウトさんがおやりになったのですね」

「あんたな……来るなって忠告しておいただろ」

剣を補修してもらえたのはありがたいが、別に今でなくてもできる。完全に消滅しない限りは剣としての機能は失われないし。

むしろ俺としては、トドメの一撃が入れづらくてもにょもにょするんだけど。

「ユイシュンさんの治療をした後、心配で……それに」

エリザは唇をぎゅっと結んでから言った。

「先ほどのお言葉の真意をうかがいたくて」

「は？」

さっきの言葉って……あ……アレか。

「頼む、忘れてくれ」

「そうしようにも、できませんわ。あれからわたくしの胸を、今もきつく締めつけ続けているんですもの」

どういうわけか感動的な表情をしている。俺はこういう瞳をした子供を、デパートの屋上で着ぐるみショーのバイトをした時に山ほど見たことがある。

そんなくだらないことを考えている場合じゃない。

「いいから、ここは俺に任《まか》せて下がっていろ」

「シュウトさん、わたくしを気遣《きづか》って……」

ちげーよ。金貨が溢れ出すところを見られたくないんだよ。

「早く部屋に戻れ。こいつが息を吹き返さないとは限らないんだからさ」

「分かりましたわ、無事をお祈りいたします」

やっと下がってくれた。

「……ハァ、ハァ、行ったか……」

無駄に疲れさせられたな。さっさと終わらせておくか。

俺は小さくなった魔物にトドメを見舞う。

ややボロくなったツヴァイハンダーを盛大に突き立て、その中心にある核を破壊した。

山積みの金貨と砕けた核がドロップされる。当然急いで回収し、痕跡を湮滅《いんめつ》。

今回のMVPは、首に巻いてるチョーカーだな。俺以外にツヴァイハンダーを扱える奴がいないというシチュエーションはなかなか劇的な演出になった。

すべてを終えられたことを報告しに、奥の部屋へと戻る。

「……倒したの？」

扉近辺にいたロアが信じられないというような顔をする。

こいつは俺に対して弱々しいイメージを持っていたらしいが、自分がまったく歯が立たなかったブラックゼリーを倒してきたことで、評価を改めたらしい。

俺はスカートを抱えてしゃがみこんでいる放蕩娘《ほうとうむすめ》を見下ろす。

「あんたも理解しただろ。上司のピンチに逃げ出すような連中を率いてまで、盗賊団やる価値ないって」

最後まで忠誠心があったのはこの二人だけだ。あとは烏合《うごう》の衆《しゅう》に過ぎない。

「もういいだろ。奴らが帰ってきたとして、また盗賊ごっこやるのか？　今後は死ぬよりはマシだと思って、考え方を悔い改めてだな……」

「……分かりましたわ」

そう言うとエリザは、部屋にかけてあった旗を外す。

「これがわたくしたちのギルドマークですわ」

シンプルにした薔薇《ばら》のような模様が描かれている。

なんだそれ。社章みたいなもんと考えていいのか？

「これを、解散の証《あかし》として冒険者ギルドまで持っていってくださいな」

「おっ、じゃあ！」

「わたくしは恩人であるシュウトさんの要求を呑みます。今日をもって盗賊ギルドは解体しますわ。自警団に出頭し、罪を白状することにします」

エリザの発言にユイシュンとロアも当然驚く……かと思えば、案外冷静だった。

なんかそういうリアクション見るとこいつらの苦労が伝わるな。過去にも何回もこういうお嬢様特有の思いつきの行動があったんだろう。

「ボス、本当にそれでいいのかい？　いや俺たちは別に構わないけどさ」

「ええ、だって……」

そこでエリザは、なぜかポッと頬を赤らめた。

「盗賊よりも刺激的なことを見つけてしまったんですもの」

エリザの熱っぽい視線は俺に向けて注がれている。

「先ほどのような強引な告白……お屋敷を出るまでも出てからも、されたことがありませんでしたわぁ。わたくしの人生で一番の刺激でしたよ、シュウトさん」

や、やめろ、うっとりした顔をするな。いや美人にそういう目で見られるのは嬉しいが、それはお前の内面を知らない場合に限った話だ。

どうやら俺は金で買えないものを買ったらしい。なにか大変な勘違いを起こさせてしまったが、ともあれコトは片付いた。

宝物庫に蓄えられた貴金属類を置いてあった荷車に積み、それをユイシュンとロア、あと人手が足りないので俺も引きながら洞窟を去る。エリザは筋力がなさすぎて役に立たなかった。

「……というわけだ。ユイシュン、これを外せ。もう用済みだろ」

三人を引き連れて町に向かう途中、エリザの目が届かないところでひっそりとユイシュンに話しかける。

「安心しろっての。ありゃあいつの暴走だ」

微妙な表情で首輪を外すユイシュンにフォローを入れておいた。俺の威信もあるので。

そんなこんなで自警団本部に到着。

「おお、あなたがシュウトさんか！　自警団一同、お話はうかがっております。本当に交渉術だけで盗賊ギルドを無血解散させたのですね。さすがは『ネゴシエイター』だ！」

これは斡旋所のおっさんが喋った感じだな。あいつ世間話大好きだし。

ひとまず三人を突き出す。

事情聴取に聞き耳を立ててみたところ、もっとも悪質な手段でも脅迫止まりで、殺人や傷害は行っていないことから、量刑は割と軽めらしかった。

そうなるだろうと踏んだからこそ、ユイシュンとロアも出頭するのを受容したのだろう。

まあ俺はユイシュンに斬りかかられたわけだけども、穏便に交渉で終わらせた設定でせっかく丸く収まってるので、話をややこしくしないために黙っておいた。

ただ、さすがに首謀者《しゅぼうしゃ》であるエリザはそうはいかない。といっても、こいつ金あるからな……大量の保釈金パワーで解決してきそうで怖い。

あとは逃げ出した残党の行方だが、組織の中心人物と拠点を同時に失って宙ぶらりんになった以上、もう自警団だけでも簡単に潰せるそうだ。

とりあえずこれで用は済んだし、さっさと立ち去るか……と本部を後にしようとする俺だったが、捕縛されたエリザが別れ際《ぎわ》に挨拶《あいさつ》をしたいと申し出てきた。

「しばらくは会えませんわね」

永遠に会いたくないんだが。

「俺はこの町を出るつもりなんだぜ」

「少しも気にしませんわ。妻は夫の帰りを待つものなのですから」

勘弁してくれ。

む、しかし。ここで俺に天啓《てんけい》走る。

よく考えたらこいつはちょっとせがむだけで親から大金が降ってくるような令嬢。こいつから好意を抱かれているということはつまり……。

うーん。

とりあえずキープだな。

「分かった。いつか迎えに来てやるよ。いつかな」

俺はそう爽やかに告げた。

激動の時から数日。

風の噂で聞いた話だと、エリザは莫大《ばくだい》な額の保釈金と資産家である父親の威光であっさり釈放されたらしい。いつの時代もカネとコネは最強だな。

とはいえしばらくは監視が付けられるので、この町でおとなしくするしかないらしいが。

溶かされてしまったツヴァイハンダーも魔法屋で最高料金のリペアをかけてもらったことで、元通りの美麗なフォルムと輝きを取り戻した。金属の質に応じた価格だったので目玉が飛び出るほど高かったものの、これからも頼らせてもらうとしよう。

で、俺はといえば。

「おめでとう、シュウト。いや、よくぞやったと言うべきかな」

斡旋所の受付に立つおっさんが感慨《かんがい》深げな表情を浮かべている。

盗賊ギルドの解体という大役を果たしたおかげで俺の名声は一気に高まった。

更に、どうやら洞窟の中で俺が倒したゼリー状の魔物は要注意指定を受けていたらしく、確か正式名称はアブバババババ・ビバババとかそんな感じの発音だったと思うが、とにかくそいつの討伐も実績に加えられている。

結果……。

「今日からお前はCランク冒険者だ。成し遂《と》げたな、シュウト！」

おっさんが手をパチパチと打つと、斡旋所内にいた面々からもまばらな拍手が起こった。

「いや、そんな、人から祝われるようなことじゃないと思うんだけど」

「なにを言ってるんだ。ギルドに登録して一カ月ちょっとでCランクだなんて、異例のスピード出世だぞ。このギルドでも過去に一度あったかどうか……」

記憶を漁《あさ》り始めるおっさんだったが、俺が知りたいのはそんなことじゃない。

「それより、これで通行証を発行してもらえるようになったんだよな？」

「ああ、そうだな。……シュウト、もう行くつもりなのか？」

「準備ができたらな」

旅、といってもこの世界じゃバスや新幹線でひとっとびというわけにはいかず、ひたすら歩き続けることになるのだろう。

アホほど疲れるだろうが、俺には楽園となる屋敷を買う夢がある。

そのためには立地を吟味《ぎんみ》しなければならない。ジキのように世界を回ってみないとな。幸い俺はあいつと違って軍資金に困ることはない体質だし。

それに、通行証の権利を得た今、名声稼ぎに躍起《やっき》になる必要もなくなった。

これはありがたい。ようやく資金繰りに全力を注ぐことができる。

「そうか。いやしかし、最初にお前のことを見かけた時は、ここまでやってくれるとは微塵《みじん》も思わなかったなぁ。というか、今でも見えないしな」

「うるせーよ。とりあえず、買い物もしなくちゃいけねぇから、明日一日はオフにするぜ。明後日通行証を受け取りに来るよ」

　そう伝言を残して俺は家路《いえじ》についた。


　ミミに帰宅を報告。

「おかえりなさいませ。本日は、ランクの確認だったそうですけど……」

「ああ、上がってたよ。Cランクだ。これでどこにも行けるようになったぜ」

　俺がそう吉報を届けると、ミミは「おめでとうございます」と微笑んだ。山羊《やぎ》の角もどことなく万歳しているように見えてくる。

「それでは、明日はお買い物ですね。支度をしませんと」

「買い物っていっても、ある程度の食料と飲み物と、あとはテントの予備くらいしかないけどな。風呂や洗濯はミミの魔法でまかなえるし、そんなにいらないよ。地図も斡旋所でもらえるしさ」

　やることもないので、ベッドに横たわる。

　しかしまあ、今回はこたえた。

　あれだけヒメリに先を急ぐなとか偉そうに言っておきながら、俺自身が功を焦《あせ》って窮地《きゅうち》に陥《おちい》ってるんだからな。反省せねば。

　ランクも上がったことだし、今後は自分のペースで金を稼ごう。他の地方に移れば普通に金持ちとしてふるまえるから、スキルバレ以外の行動制限も緩《ゆる》くなるしな。

できることならまとめて稼げればそりゃ最高だが。

「シュウト様」

ベッドの隅に腰かけるミミ。

「楽しい旅にしましょうね。ミミはシュウト様に、たくさん笑ってほしいです」

「……ああ、そうだな」

ミミの柔らかな微笑に、俺は不器用ながらに笑みを返す。

不自由しない生活は約束できる。その上で楽しく生きていけるなら、それが一番だ。

あとがき

このたびは『すまん、資金ブーストよりチートなスキル持ってる奴おる？』の一巻を手に取っていただき、誠にありがとうございます。

書いた人のえきさいたーです。

突然ですが、皆さんはゲームのレベル上げは好きでしょうか？

僕は大好きです。現実世界では地道に努力することが大嫌いな僕ですが、ことレベル上げ作業に限っては別です。

というのも、不安定な事象の塊《かたまり》である現実と違って、精緻にプログラミングされたゲームの世界では頑張った分だけ結果が出ることが保証されているから惜しみなく労力を注げるのでしょう。もし現実でも努力が必ず報《むく》われるシステムが導入されていたのであれば僕も今頃「あー、賃貸収入だけで暮らしたいなァ」なんて念仏のように唱える怠惰《たいだ》な人間にはならなかったに違いありません。無限大の可能性の中にはきっと真面目《まじめ》に生きている僕も存在したのでしょう。

……なんだが世知辛《せちがら》い話になってしまいましたが、要するに目に見えて成長が分かるから好きということです。

で、この作品。

見てもらえばお分かりのとおり、かなりゲームライクな要素を盛り込んだ舞台設定になっていますが、レベルの概念《がいねん》だけはオミットされています。

代わりをなしているのが、お金です。

主人公のシュウトはお金の力で強くなっていきます。強力な武器と防具、優秀な人材の雇用、資金力を背景にした手段……などなど、本人がほとんど成長しない代わりに、ただ普通に経験値を稼《かせ》ぐだけではできないことをガンガンやっていきます。

物語の見所としては、緩《ゆる》やかにしか成長できない冒険者が、最上級の装備品だけを頼りに異《い》形《ぎょう》に満ちた世界に挑むという、薄氷をふむような……なんてこともなく。

基本的には雑魚《ざこ》を狩って、できるだけ楽をしながらお金を集め、後々出くわすかもしれない危機に備えるといった感じの、なんともゆるめのハック&スラッシュです。準備を整えてダンジョン探索するさまはローグライク的でもあり、稼いだお金で生活を充実させるという点ではシミュレーションのようでもあります。

つまりは僕の好きな要素の全部盛りです。はい。

そんな感じのお話を細々と投稿サイト『小説家になろう』に載《の》せていましたら、なんとなんとこうして一冊の本になってしまいました。

なんだか夢のような話です。正直今もあんまり実感は湧いていません。

これもひとえにＷｅｂ版から応援してくださった読者の方々のおかげです。この場を借りてお礼を申し上げます。


というわけで、あとがきでした。

またいつか皆様とお会いできることを祈っています。

「やりましたね、シュウト様！」
マネー無双と かわいい嫁が
うらやましいです！
fumi
ふーみ

この作品の感想をお寄せください。

あて先　〒101-8050　東京都千代田区一ツ橋2-5-10
集英社　ダッシュエックス文庫編集部　気付
えきさいたー先生　ふーみ先生

ダッシュエックス文庫

すまん、資金ブーストより
チートなスキル持ってる奴おる?

えきさいたー

2016年11月30日　第1刷発行

★定価はカバーに表示してあります

発行者　鈴木晴彦
発行所　株式会社　集英社
〒101−8050　東京都千代田区一ツ橋2−5−10
03(3230)6229(編集)
03(3230)6393(販売／書店専用)　03(3230)6080(読者係)
印刷所　図書印刷株式会社

ISBN978-4-08-631157-1 C0193

ダッシュエックス文庫

英雄教室
新木 伸
イラスト／森沢晴行

元勇者が普通の学生になるため、エリート学園に入学!? 訳あり美少女と友達になり、ドラゴンを手懐けて破天荒学園ライフ満喫中!

英雄教室2
新木 伸
イラスト／森沢晴行

魔王の娘がブレイドに宣戦布告!? 国王の思いつきで行われた「実践的訓練」で王都が大ピンチに!? 元勇者の日常は大いに規格外!

英雄教室3
新木 伸
イラスト／森沢晴行

ブレイドと国王が決闘!? 最強ガーディアンが仲間入りしてついにブレイド敗北か!? 元勇者は破天荒スローライフを今日も満喫中!

英雄教室4
新木 伸
イラスト／森沢晴行

ローズウッド学園で生徒会長を決める選挙を開催!? 女子生徒がお色気全開!? トモダチのおかげで、元勇者は毎日ハッピーだ!

ダッシュエックス文庫

俺の家が魔力スポットだった件
～住んでいるだけで世界最強～
あまうい白一
イラスト／鍋島テツヒロ

俺の家が魔力スポットだった件2
～住んでいるだけで世界最強～
あまうい白一
イラスト／鍋島テツヒロ

俺の家が魔力スポットだった件3
～住んでいるだけで世界最強～
あまうい白一
イラスト／鍋島テツヒロ

異世界Cマート繁盛記
新木 伸
イラスト／あるや

強力な魔力スポットである自宅ごと召喚された俺。長年住み続けたせいで異常に貯め込んだ魔力で、我が家を狙う不届き者を撃退だ！

増築しすぎた家をリフォームしたり、幼女竜と杖を作ったり楽しく過ごしていた俺。それを邪魔する不届き者は無限の魔力で迎撃だ！

黒金の竜王アンネが隣人となり、異世界マイホーム生活は賑やかに。でも、戦闘ウサギに新たな竜王の登場で、まだまだ波乱は続く!?

異世界でCマートという店を開いた俺。エルフを従業員として雇い、いざ商売を始めると現代世界にありふれている物が大ヒットして!?